세상에 나쁜 엄마는 없다

명혜정 글·그림

이담북스

엄마라는 자리가
버거운 당신에게

영국 특수부대 출신이자 생존 전문가 베어 그릴스의 유튜브를 본 적이 있습니다. 사막, 정글 등 극한의 오지에서 벌어지는 생존을 위한 그의 행동을 보고 커다란 충격을 받았었지요. 거북이, 굼벵이, 거미 등 상상을 초월하는 먹방으로 어떠한 곳에 떨어져도 헤쳐나가는 그의 정신력과 체력을 보면서 입이 다물어지지 않았습니다.

나를 제대로 사랑할 줄도, 내가 어떤 사람인지도 잘 몰랐던 제가 덜컥 엄마가 되었습니다. 엄마라는 자리는 극한의 역할 중 하나인 것 같습니다. 시시때때로 강인한 정신력과 팔팔한 체력이 요구됩니다. 인간은 적응의 동물이라고, 이 극한의 상황 속에서 살아남기 위한 저만의 방법을 찾기 위해 고군분투해왔습니다. 세차게 밀려오는 감정의 파도를 이겨보겠다고 발버둥 칠수록 어쩐 일인지 더욱 물살에 휘말려 들었습니다. 그러다가 깨달았습니다. 거대한 파도를 막을 수 없다는 걸요.

힘을 빼고 가만히 물살에 몸을 맡겨 봅니다. 욕심을 내려놓고 나의 한계를 인정할 때 엄마라는 무거운 짐은 훨씬 가벼워집니다. 엄마의 자리는 어려운 게 당연합니다. 그 어려운 걸 해내는 우리 모두 그 자체로 대단한 존재입니다. 이 책에는 제가 처음 엄마가 되고 시행착오를 겪으며 느낀 감정들, 한 사람으로서 성장하고자 하는 노력이 담겨 있습니다. 엄마로서 부족한 내 모습에 자책하며 울었던 여러 밤의 눈물, 아이들을 더 잘 키우고 싶어 내 마음을 공부하며 흘린 땀, 그리고 그 과정을 SNS에 나누기 시작하며 얻은 공감들로 이 책이 만들어졌습니다.

육아에 커다란 공식은 있지만 그 공식이 각 개인에게 딱 들어맞지 않듯이, 나만의 생존법을 찾아가는 이야기 중 하나로 이 책을 읽어주셨으면 합니다. 육아가 버거운 이들에게 조금이나마 위로가 되기를 간절히 바라며 이 글을 씁니다.

함진아 드림

CONTENTS

하나

마음 처방전
지나고 나면 보이는 것들

둘

감정 처방전
엄마가 참지 못해서 미안해

세 자매 가족을
소개합니다

아빠

- 하루의 피로를 TV와 함께
  + 야식은 필수!
- 축구 선수가 한때 꿈이었던
  축구광
- 매우 깔끔한 흰색 애호자
- 좋아하는 것 : 자동차
- 싫어하는 것 : 어질러진 방

엄마

- 하루종일 엉덩이 붙일 틈이 없다는
  극한 직업의 소유자
  (그 이름하여 Mom)
- 흐느적 저질체력이라 별명이 문어
- 실천력은 영 꽝이지만 계획 애호자
- 좋아하는 것 : 모닝 커피
- 싫어하는 것 : 추위

이콩이 (둘째)

- 2016년 7월생
- 부끄러움을 많이 탐
- 셋 중 제일 애교
  만점
- 좋아하는 것 : 노래
  부르기
- 싫어하는 것 : 유치원
  가기

삼콩이 (셋째)

- 2018년 11월생
- 우리 집에서 귀한
  먹방녀
- 낯가림 심하게 없음
- 좋아하는 것 : 언니들
  따라하기
- 싫어하는 것 : 자기
  빼고 먹을 것 먹는 거

일콩이 (첫째)

- 2014년 3월생
- 올해 쵸딩 언니
- 겁이 많으면서도
  모험을 즐김
- 좋아하는 것 : 그림
  그리기, 만들기
- 싫어하는 것 : 놀고
  싶은데 잠자기

지나고 나면 보이는 것들

모유 수유의 함정

출산 후 조리원에 입소하면 대화 주제는 주로 두 가지로 나뉜다. 각자의 출산 무용담과 모유 수유. 진통을 몇 시간 겪었는지 아기가 어떻게 나왔는지는 매번 들어도 흥미로운 이야기다. 마치 남자들이 서로 군대 시절 이야기를 안주 삼는 느낌이랄까. 그리고 또 다른 하나는 모유에 대한 고민이다. 주로 젖량이 너무 많아서 고민인 산모_많지는 않지만와 적어서 고민인 산모들로 나뉜다. 나는 조리원에서 항상 모유 열등생이었다. 물을 많이 마시면 젖량이 좀 는다고 하여 국 한 사발은 기본이요, 틈틈이 두유와 물을 수시로 챙겨 먹었건만 어찌 된 일인지 내 젖량은 항상 젖병 바닥을 찰랑거릴 뿐이었다.

생후 3개월까지 젖량이 부족하여 분유와 함께 혼합 수유를 했는데, 아기가 100일쯤 되면서 젖병을 거부하기 시작했다. 젖량은 턱없이 부족한데 말이다. 젖병을 입에 물려도 뱉어내길 반복하고 보채다가 잠드는 아기를 보니 그렇게 안쓰럽고 미안할 수가 없다. 그래서 그때부터 마음을 독하게 먹고 젖만 물렸다. 정말 수시로 젖만 물리자 신기하게도 생후 5개월쯤 젖량이 맞춰졌다. 그 2개월간 얼마나 고생했는지는 말로 다 표현할 수가 없다. 하루의 대부분을 젖 물리기만 했으니.

모유 수유에 좋다는 음식은 대부분 먹어봤다. 수유에 좋다는 한약, 허브차, 항시 집에 구비해둔 두유까지. 아기가 잠들면 인터넷으로 모유량 늘리기에 성공한 사례들을 읽으며 시간을 보냈다. 아기가 잠들면 정신이 말똥말똥해져서 딴짓하기 바쁜데, 깨어나면 급속도로 피곤해지는 건 참 신기하다. 잠은 잠대로 부족하고 젖은 젖대로 부족하니, 스트레스도 많이 받았다. 다행히 이콩이와 삼콩이는 일콩이 때의 시행착오를 겪은 터라 비교적 쉽게 완모를 했지만, 다시 돌아간다면 난 완모를 고집할 수 있을까.

유독 자연분만, 모유 수유에 있어서 엄마들의 죄책감이 크다. 내아이에게 조금이라도 더 좋은 걸 먹이고 해주고 싶은 건 모든 엄마들의 바람일 테다. 아기가 좀 크면 그 영역은 먹거리, 옷과 장난감, 책 등등 아이와 관련된 생활 전반으로 확대된다. 그런데 아무리 좋은걸 준다 한들, 아이와 살 부대끼며 함께 하는 것만큼 좋은 게 또 있을까? 오늘은 잠시 나의 초록 창을 내려놓고, 아이와 한 번이라도 더 눈 맞추며 웃어야겠다.

조리원에서 매번 모유 열등생이었던 나에게

완모의 과정은 보통 일이 아니었다

그런데 완모라는 행위보다 중요한 건

내 아이와 살 부대끼며 행복한 시간을 보내는 것 아닐까

그때에만 할 수 있는 것들

바스락바스락 떨어진 가을 낙엽을 밟는 소리는 경쾌하다. 짧지만 우리에게 강렬한 색감의 풍경과 선선한 바람을 선사하는 가을의 너그러움이 좋다. 단풍이 들면 아이들과 항상 비닐봉지를 챙겨나가서 예쁜 낙엽을 주워 온다. 봉지 한 가득 낙엽을 줍고선 그 낙엽으로 왕관을 만들기도 하고, 종이 위에 꾸며보기도 한다. 길을 오가다 특이한 모양의 낙엽을 줍는 건 횡재한 날이기도 하다. 어렸을 땐 책갈피에 낙엽을 끼워 코팅한 다음 친구들과 선물로 주고받았던 기억도 새록새록 떠오른다.

풍성했던 나뭇잎들은 점점 자취를 감추기 시작했다. 그러던 어느 날 문득, 더 이상 바닥에 뒹구는 낙엽이 없다. 나뭇가지는 휑하게 비어있고 추위에 떠는 얄팍한 나무만 덩그러니 남아있다.

"엄마, 나뭇잎이 다 떨어졌어."

앙상한 나뭇가지를 가리키는 아이의 작은 손가락에서 아쉬움이 느껴진다. 그래, 아쉽지만 그때에만 할 수 있는 것들이 있다. 가을이 지나면 낙엽을 밟을 수 없는 것처럼 육아에도 지나버리는 '시기'가 있다. 그렇게 바짓가랑이를 잡고 엄마만 찾던 아이는 어느새 커서 친구를 더 찾기 시작했다. 엄마랑 노는 게 세상에서 제일 신나고 재밌다는 아이는 훌쩍 자라 친구들이랑 노는 게 정말 재밌다고 재잘거리는 꼬마 숙녀가 되었다.

어느새 팔다리가 길쭉길쭉해진 아이들을 보니 새삼 아쉬움이 느껴진다. 정말 힘들었던 시간도 그리워지는 걸 보면, 있을 때 잘하라는 말이 절로 떠오른다. 조금 더 많이 안아줄걸, 조금 더 많이 들어줄걸, 조금 더 많이 기다려줄걸. 하지만 시간은 되돌릴 수는 없는 법이다. 지나가 버린 것들은 추억으로 담아내고, 지금 내 옆에서 웃고 있는 아이에게 최선을 다하면 그만이다.

그때에만 할 수 있는 것들이 있다

지나고 나면 다시 할 수 없는 것들

음마!!
이롸 (이리 와)

엄마만 그렇게 찾던 아이는

우리 오늘 유치원 끝나고
어디 갈까?

친구랑 같이 가도 돼?
같이 놀고 싶은데

어느새 엄마보다 친구를 찾기 시작한다

때론 힘겨웠던 지난한 시간들도

다시 돌아오지 않는 한 때의 시간으로 남아 버린다

엄마는 수집가

어느 날 일콩이가 미술 시간에 만든 석고 손을 들고 왔다. 수업이 끝나고 밖에서 기다리던 내게 뛰어나와 뿌듯한 표정을 지으며 자기가 만든 손 모양을 들어 보여준다. "이야 잘했네!" 초록색 바탕에 알록달록 무지갯빛으로 칠해놓은 손은 누가 봐도 내 딸 작품이다. 요즘 무지개에 꽂혀 자신의 애칭도 "무지개 왕관"이라고 불러 달라고 하는 아이니까. 일콩이는 동생들에게 자기가 만든 작품을 자랑하느라 바쁘다. 그사이 나는 선생님께 오늘 수업에 대한 피드백을 들었다.

선생님은 수업 중 아이들에게 작품이 마음에 드는지 물으셨다. 대부분의 친구들은 "내 손이 진짜 이랬으면 좋겠어요!"라는 반응을 보였는데, 딸아이는 사뭇 다른 반응을 보였다. "나는 우리 엄마가 낳아 준 내 손이 더 좋아요."라는 아이의 예쁜 말에 선생님께서는 감동했다고 말씀하신다. 나도 그 말을 듣는데 순간 눈물이 핑 돌았다.

아이는 부족한 솜씨지만 엄마에게 늘 최고라고 말해준다. 요리에 재능이라곤 없는 엄마가 간장 밥에 계란 프라이를 얹어줘도 "최고!"라고 엄지를 추켜올린다. 게을러서 자주 치우지 못하는 집이 말끔해지는 날에는 집이 반짝반짝하다면서 또 엄마를 비행기 태워준다. 넉넉지 않아 자주 사주진 못하지만, 가끔 좋아하는 장난감을 사줄 때면 고맙다며 뛰어와 끌어안아 준다. 체력이 안 되어 짜증이 많은 날에는 엄마 얼른 자라면서 너그러이 이해해주기도 한다.

이런 아이의 예쁜 말과 행동들 하나하나 잊고 싶지 않다. 내가 기록을 시작한 이유이기도 하다. 물론 속상하고 슬픈 일들도 기록한다. 훗날 아이들이 내 품을 떠나갈 때 엄마의 홀로서기에 필요한 건 아이들과의 추억이다. 행복했던 순간이든, 암담했던 순간이든 우리가 함께한 시간을 기록이 말해주고 있으니까. 오늘도 나는 아이들과의 일상을 수집하고 기록한다.

그때의 감정과 느낌

너의 예쁜 말과 행동

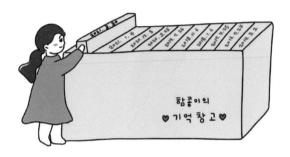

무엇 하나 잊고 싶지 않아서

나는 오늘도 일상을 기록한다

진짜 부자

전라북도에 있는 변산반도로 1박 2일 여행을 갔다. 평일에 남편 없이 아이 셋을 데리고서 동네 언니와 함께. 언니네 아이는 2명, 우리네 아이 3명이다. 이렇게 아이 다섯에 어른 둘이 겁도 없이 호기롭게 출발했다. 내가 사는 경기도에서 변산반도까지는 편도로만 3시간 반이 걸린다. 1시간 내외의 거리는 아이 셋 데리고 혼자서도 종종 가곤 했는데, 1박으로 이렇게 장거리를 가보는 건 난생처음이라 떨렸다. 운전이 제일 걱정이었다. 다행히 서해안 고속도로를 타고 내려가느라 3시간 동안 직진만 한 것 같다.

어렸을 적 사진은 많이 가지고 있지 않은데 그중 정동진역 앞에서 찍은 사진이 기억에 남는다. 아빠와 동생, 그리고 나 이렇게 셋이서 다녀온 여행에서 찍은 사진이다. 무뚝뚝한 아빠가 초등학생 딸 둘을 데리고 떠났던 기차 여행. 엄마 말로는 방학 숙제가 〈아빠랑 여행하기〉였다고. 아빠는 그때 어떤 생각을 하셨을까? 아빠에게도 잊지 못할 추억으로 남았을까? 마음은 여려도 겉으론 무심한 듯 행동하는 아빠의 성격 탓에 어릴 적엔 오해를 자주 하곤 했다. 이젠 그러한 아빠의 성격을 잘 알기에 그 사진은 나에게 더욱 특별하다. 비록 방학 숙제의 일환으로 다녀온 여행이지만, 내 마음에는 따뜻하게 남아있는 여행의 기록. 사진 속에 오롯이 남아있는 우리 부녀의 추억이다.

아이들에게도 많은 추억을 남겨주고 싶다. 그래서인지 나는 아이 셋을 데리고도 혼자 잘 다니는 편이다. 유치원 하원 후 갑작스레 동물원에 가기도 하고, 공원에 놀러 가기도 한다. 남편 말로는 사서 고생을 한다고 하지만 몸은 힘들지언정 마음은 뿌듯하다. 집이 아닌 색다른 곳에서 아이들과 눈을 맞추고 깔깔거리며 웃는 그 시간이 참 좋다. 항상 바빴던 마음에 잠시나마 여유를 되찾고, 아이들을 한 번이라도 더 보게 된다. 그곳에서 찍었던 사진들을 들춰보며 또 살아갈 힘을 얻는다.

나는 아이들에게 부모가 만들어 줘야 할 것은 좋은 '추억'이라고 생각한다. 물질적으로 넉넉한 부자보다 사랑하는 사람과의 추억이 많은 사람이야말로 진정한 부자가 아닐까? 막내도 이제 두 돌이 넘었으니 더 많이 돌아다니고 싶다. 다음에는 또 어딜 놀러 갈까?

얘들아~!!
바다로 떠나자!!

신랑없이
도오~전!!

신랑 없이 아이 셋과 1박 2일에 도전했다

엄마!
여기 내일 또 오자~

언니!
언니!

몸은 힘들지만 즐거워하는 아이들의 모습을 보면

얘들아
재밌었지 진짜~
다음에는 어디 가볼까?

+1
추억 적립

자꾸 어딘가 가볼까 하는 힘이 솟아오른다

사랑하는 사람들과 추억이 많은 사람이야말로 진짜 부자

모양은 투박해도 사랑이었어

학창 시절 우리 집 통금 시간은 저녁 9시였다. 고등학교 시절 친한 친구와 함께 찜질방에 갔을 때의 일이다. 누르스름한 맥반석 계란과 시원한 얼음 동동 띄운 미숫가루는 찜질방 단골 코스였다. 친구와 이야기꽃이 한창 피어올랐는데 눈치 없이 진동이 울린다. '아, 벌써 9시가 다 되었나?' 빨리 들어오라는 엄마의 성화에 약간 짜증이 났다. 어디 나가서 나쁜 짓 하는 것도 아닌데, 왜 9시면 예외 없이 집에 오라고 하는지. 알았다고 퉁명스럽게 대답하고 끊었다. 그리고 약간의 오기가 생겼는지 여유롭게 샤워를 하고 주섬주섬 옷을 갈아입었다.

머리를 말리려는데 또 진동이 울린다. 아빠의 불호령이 떨어졌단다. 주어진 미션은 10분 내로 들어올 것. 찜질방에서 집까지의 거리는 걸어서 15~20분이다. 하지만 호랑이 아빠의 명령이 아닌가. 아빠가 말없이 소파에 앉아 기다리면 엄마는 행동대장이다. 항상 전화를 거는 건 엄마 역할이다. 얼굴이 사색이 되어 나는 친구에게 먼저 가겠노라 인사하고 죽을힘을 다해 냅다 뛰었다. 쉬지 않고 달린 끝에 정말 10분 만에 집에 도착했다. 아빠는 도착한 나를 보고 그제야 아무 말 없이 방으로 들어가셨다. 내 꼴을 보고 엄마는 안쓰러우면서도 웃음을 참기 힘들었다고 한다. 비에 쫄딱 젖은 생쥐처럼 땀으로 뒤범벅된 내 모습은 그야말로 처량하면서도 웃겼다.

대학 시절은 그나마 감시가 느슨해져 통금 시간이 저녁 12시였다. 신입생 때는 과별로 미팅도 많이 가고, 새로운 친구들도 많이 사귀었다. 친구들과 늦게까지 노는 일이 종종 있었는데, 문제는 항상 나였다. 더 놀고 싶어도, 어김없이 울리는 전화. 한 번은 영등포에서 친구들과 새벽 2시까지 놀다가 결국 택시를 타고 혼자 집에 돌아온 적도 있다. 새벽에 집에 도착해 아빠 앞에서 엉엉 울었다. "친구들은 다 놀고 있는데, 나만 집에 왔다고. 나도 이제 대학생인데 좀 늦게까지 놀면 안 되냐고!" 너무 서럽고 슬펐다. 지금이야 부모 된 입장에서 아빠가 딸에게 왜 그렇게 통금 시간에 엄했는지 백분 이해한다만 그 당시엔 아빠가 너무 미웠다.

험한 세상에서 혹여나 나쁜 일이라도 일어날까 걱정을 하며 잠 못 자고 기다린 아빠. 비록 표현방식은 그저 우직하게 기다리는 행동과 투박한 말투였지만 그 역시 사랑이었다. '나는 부모가 되면 아빠, 엄마처럼 절대 저렇게 안 할 거야.'라고 다짐했던 내가 우연인지

딸만 셋을 낳았다. 나도 아이들이 크면 과연 안 그럴까? 글쎄, 여덟 살 딸이 집 근처에 나갔다 들어오는 그 순간까지 심장이 콩닥콩닥 뛰는 걸 보면 아빠만큼은 하지 않을까 싶다.

표현엔 서투르지만 자식에 대한 당신의 사랑을
부모가 되어보니 알겠습니다

좀 느리더라도 괜찮아

주말 오전. 심심하다는 아이들의 성화에 못 이겨 대부도로 가기 위해 핸들을 잡았다. 시화방조제는 차선이 몇 안 되는데, 그곳을 통과해야 대부도로 들어갈 수 있다. 10시 반가량 실컷 늦잠을 자고 일어나 출발했으니 차가 많이 막힐 수밖에. 도착지에 빨리 가고 싶은 생각에 답답하기 시작했다.

그러다 내 시야에 바다가 보였다. 마치 바다가 나에게 소곤소곤 말을 거는 듯했다.

"조금만 마음의 여유를 가지고 주변을 둘러봐. 다른 게 보일 거야."

주말에 놀러 나온 가족, 낚시하러 온 아저씨, 강아지와 산책하는 부부 등 바다와 어우러진 이들의 삶이 두 눈에 들어왔다. 느릿느릿 기어가는 차 안에서 바다를 바라보니 기분이 좋다. 시야를 확 트이게 해주는 드넓은 바다와 타닥타닥 떨어지는 빗소리. 거기에 심장을 쿵쿵 울리게 하는 음악의 비트.

뭐든 시작하기 전에 관련 책과 자격증으로 철저히 준비를 하는 스타일인 내가 겁도 없이 덜컥 엄마가 되었다. 시시때때로 생기는 사소한 고민거리들을 털어둘 곳이 없어 밤새 초록 창을 붙잡고 검색하기도 했다. 무엇이 나를 그렇게 불안하게 했는지 나는 항상 불안했다. 내가 엄마로서 잘하고 있는 건지, 우리 아이는 잘 크고 있는 건지, 도착지점 없이 앞만 보고 달리기를 하는 느낌이었다.

어느덧 아이가 셋이나 되니 하나 키울 때의 걱정과 초조함은 좀 사라졌다. '알아서 잘 크겠지. 걱정해봤자 소용없는걸.' 불안한 마음을 살짝 내려놓으니 뿌옇던 시야에 무엇인가 보이기 시작한다. 시기마다 육아의 중대한 문제들이 훗날엔 그저 하나의 발달 단계일 뿐이라는 걸 알게 됐다. 차선이 막히는 것에 집중하다 보면 주변을 놓치기 쉬운 것처럼, 당면한 문제에만 집중하지 않고 그저 우리에게 주어진 삶을, 하루를 즐기며 살아가고 싶다.

앞만 보고 빨리 달리려는 사람보다는 좀 느리더라도 아이와 손 붙잡고 달릴 줄 아는 엄마였음 좋겠다. 넘어지면 훌훌 털고 일어나고, 남들은 어디까지 갔느냐며 비교하지 않는 사람. 좀 느리면 어떤가. 더 멀리 가는 게 중요한 게 아닌걸. 남들보다 빨리, 더 멀리 가는 것보다 중요한 건 내 아이와 호흡을 맞춰 함께 달리는 것이다. 중간 중간 쉬어가며 풍경을 즐길 줄 아는 엄마의 여유가 아이를 한 뼘 더 자라게 한다.

차선이 막히는 것에 집중하다 보면

주변을 놓치기 쉬운 것처럼

당면한 문제에만 집착하지 않고

조금 느리더라도 아이와 함께 손 붙잡고 갈 줄 아는 여유로운 엄마가 되고 싶다

육아에는 정답 말고 해답

"아이고~ 아가가 손 빨면 애정 결핍이라던데…."

동네 어르신이 지나가면서 한 마디 툭 던지셨다. 낮잠 시간이라 졸린 이콩이는 유모차에 누워서 습관처럼 엄지손가락을 입에 가져 간다. 별 악의 없이 하신 말씀이겠지만, 내 마음은 편치 않았다. 우리 집 둘째는 5살까지 손을 빨았다. 졸릴 때가 되면 어김없이 손을 맛깔나게 빨았다. 첩첩첩. 자다가도 이 소리가 들리면 아이의 손을 홱 잡아 뺐다. 아이는 어려서부터 졸리거나, 얕게 잠이 들었을 때마다 손가락을 빨았다. 아기 때는 그러려니 했는데 세 돌 넘어서도 손을 빨자, 마음이 조급해졌다. 아이 손에 식초도 발라보고, 협박도 해보고, 꼬드겨도 보았지만 다 실패했다.

이콩이가 태어났을 때 일콩이는 고작 28개월이었다. 그 당시에는 남편이 일찍 퇴근하여 서로가 분담해서 아기를 재웠다. 내가 일콩 이를 먼저 재우는 동안 이콩이는 아빠의 무릎에 누워 손을 빨다 잠이 들곤 했다. 그 당시에는 한때의 구강기라 생각하고 대수롭지 않게 여겼다. 하지만 돌이 지나서도 아기는 졸릴 때면 어김없이 자신의 손가락을 빨았다. 어려서부터 손가락을 빨며 편히 잠드는 이콩이를 보니 감히 그 위안을 쉽게 뺏을 수 없었다.

5살이 된 아이는 유치원에 입학한 후에도 손 빨기를 멈추지 않았다. 하루는 이콩이에게 유치원 언니가 되었으니 손 빨기 졸업 파티를 하자고 제안했다.

"손 빨기 안 하면 우리 파티를 열자! 갖고 싶은 선물도 사고."

아이는 원하는 선물을 받기 위해 노력했다. 그렇게 일주일, 이주일 손 안 빨고 자는 날이 많아지면서 아예 손 빨기를 멈추었다. 때가 되니 이렇게 쉬운 방법으로 손 빨기를 졸업한다니 믿을 수 없었다.

세상의 기준대로라면 2~3세까지는 손 빨기에 치료가 필요치 않다고 한다. 그렇다면 4살 이후에는 강제로라도 하지 못하게 해야 하지만 이건 어디까지나 하나의 기준일 뿐이다. 그 기준은 누구에게나 똑같이 적용할 수 없다. 특히 육아에서는 하나의 정답만을 강요할 수 없다. 아이마다 기질도, 발달 속도도 저마다 다르기 때문이다. 육아에 정말 필요한 건 정답이 아니라 '해답'이다. 육아서의 그 집 엄마, 랜선 친구 엄마를 따라 아등바등 따라갈 필요가 없다. '정답'은 답이 이미 정해져 있지만, '해답'은 그렇지 않다. 어떤 선택을 하느

나에 따라 최선이 될 수도, 차선이 될 수도 있다. 그저 각자의 상황에 가장 알맞은 답이 서로 다를 뿐이다. 이 세상에 같은 엄마, 같은 아이의 조합은 단 하나도 없으니 말이다.

예술 작품을 보면서 이건 옳고, 저건 틀리다고 판단하는 사람이 있을까? 예술 작품에는 정답이 없다. 그저 눈으로 보고, 귀로 듣고, 영혼의 울림을 각자의 방식으로 다르게 느낄 수 있는 자유가 있다. 우리는 우리만의 방법으로 유일무이한 포트폴리오를 만들어간다. 모든 이들의 포트폴리오가 같을 수 없다. 그러기에 다른 이의 육아에 대해서 나의 기준을 빗대어 말하는 것은 큰 실수다. 나 또한 다른 이의 기준을 비판적으로 걸러서 받아들일 권리가 있다. 육아에는 정답이 없으니까.

육아는 고난이도의 서술형 문제다

딱 떨어지는 정답이 없는 육아

결국 나와 내 아이가 쥐고 있는 해답

우리한테는
이게 맞나 봐~

친구들거랑
다 다르네!

어쩌면 그러기에 누구나 해볼 만한 그런 육아가 아닐까

행복의 파랑새

"몇 년 남았지? 조금만 더 참으면 되는데….."

아이 셋을 계획하면서 첫째부터 막내가 유치원 입학하는 시점까지 계산해보니 대략 십 년이 걸렸다. '그래, 10년간은 나 죽었소, 하는 마음으로 살자'라고 다짐했었다. 일콩이, 이콩이, 삼콩이 모두 네 살까지 가정에서 보육하다 보니 나는 육아를 시작한 이래로 한시도 아이와 떨어져 있어 보질 못했다.

사람이 되고 싶던 호랑이가 100일간 쑥과 마늘을 먹으려다 도중에 뛰쳐나간 것 마냥, 삼콩이를 낳고 난 후 더 이상 미래를 위해 행복을 유보하지 말자란 생각이 들었다. 상황은 별반 다를 게 없었다. 아이들은 늘 그래왔듯 나와 함께 있었고, 거기에 극한의 신생아 육아가 추가되었을 뿐. 하지만 크게 변한 것이 있다면 바로 내 마음이었다. 막내까지 좀 크고 나면 취미로 디지털 드로잉을 배우려고 했던 걸 소소하게 독학으로 시작했다. '육아를 하면서도 엄마도 행복

할 수 있을 거야' 오로지 이 생각 하나뿐이었다.

육아를 하면서 자신이 좋아하는 일을 하려 시간을 낸다는 일이
얼마나 어려운 일인지 안다. 그런데 행복을 자꾸 미루다 보면 영영
내 손에 닿지 않는 곳으로 가버린다. 어찌 된 일인지 행복은 항상 나
보다 한 발짝 앞에 있어서 따라잡을 수가 없다. 사랑스러운 내 아이
가 주는 행복감은 참 크지만, 엄마가 좋아하는 일을 하며 느끼는 행
복감 또한 이루 말할 수 없다. 하루 5분이라도 좋으니 세상에서 가
장 사랑하는 '나'를 위해 시간을 내어보는 건 어떨까. 아무 소득 없
이 휴대폰 만지는 시간만 줄여도 시간은 생긴다.

육아가 힘든 이유는 회사 일처럼 업무의 결과가 나오지 않아서
그렇다. 육아란 자고로 엄마가 열심히 하더라도 엉뚱한 결과가 나올
수도 있다. 내 마음대로 되지 않기에 더 어렵다. 하지만 나 자신에게
투자한 시간은 나를 배신하지 않는다. 행복의 파랑새는 멀리 있지
않다. 지금 바로 내 안에 존재하는 그 새를 파랑새로 볼 수 있는 눈
이 떠진다면.

나의 디지털 드로잉의 첫 시작은 매우 소박했다

더 이상 행복을 유보하지 않을거란 마음가짐으로

재밌는데?!

핸드폰에 손가락으로 그리기 시작한 그림

안녕~
바로 옆에 있었구나

생각보다 행복은 멀리 있지 않았다

그때로 다시 돌아간다면

나와 눈만 마주쳐도 씩 웃어주는 장난꾸러기 애교쟁이, 우리 집 막둥이다. 어쩜 이렇게 예쁜지, 매 순간순간 커가는 게 아쉬울 정도다. 낳으면 낳을수록 내리사랑이라고 더 예쁘다는데, 정말 그렇다. 이 말을 둘째 낳기 전까지는 이해하지 못했다. 둘째를 낳으면 첫째와 둘째 똑같이 사랑해주리라고, 마음을 단단히 먹었다. 그런데 역시나 모성애는 낳고 키우다 보면 생기듯, 이콩이를 낳고 보니 너무 예쁜 게 아닌가. 일콩이에 대한 사랑이 식는 게 아니라, 서로의 예쁨이 다르달까? 첫째는 첫사랑이기에 짠하면서 예쁘고, 둘째는 여유로운 시선으로 대하기에 뭘 해도 귀엽다.

허둥대던 초보 엄마에게 FM 식의 육아를 받은 일콩이는 많이 혼났지만, 그에 비해 이콩이는 상당 부분을 프리패스로 지나쳤다. 일콩이는 입이 짧았다. 숟가락으로 밥알을 세고 있는 아이와 날 선 엄마의 신경전, 말 그대로 밥시간은 전쟁이었다. 3kg도 안 되게 태어난 아기라 먹는 것에 더욱 신경 쓰려 했던 걸지도 모르겠다. 다른 것보다 아기가 잘 안 먹는 게 그리 속상할 수가 없었다. 그런데 이콩이도 유아식을 시작할 무렵부터 잘 먹지 않았지만, 일콩이 때만큼 화가 나진 않는다.

"뭐 배가 고프면 먹겠지. 지금 배가 안 고픈가?"

어차피 닦달하고 신경전만 벌여도 안 먹을 아이는 안 먹는다는 걸 깨달아서인지, 둘째에겐 한결 너그럽게 대하게 된다.

모두 다 사랑하고 아낀다지만, 부모들에게 아픈 손가락은 하나씩 존재한다. 나에겐 첫째가 그러하다. 가장 많은 사랑과 관심을 준 건 일콩이지만, 아이러니하게 상처도 제일 많이 준 아이다. 사실 사랑을 많이 줬다고 하지만, 그 사랑은 내 방식의 사랑이었다. '너 잘되라고, 너 잘 크라고'와 같이 포장된 말 뒤에는 아이의 의사와 관계없는 내 바람만이 있었다.

성숙하지 못했던 내 사랑의 방식이 어린 너에겐 어떻게 다가왔을까. 만약 지금의 넉넉한 마음의 여유와 깨달음을 가지고 다시 첫째를 키울 수 있다면 어떨까. 이루어질 수 없는 소원이지만 그때로 다시 돌아갈 수 있다면 좀 더 잘할 수 있을 텐데, 라는 부질없는 상상을 해본다. 어느새 훌쩍 커버린 일콩이를 보니 미안함에 마음 한구석이 저려온다.

가장 많은 사랑과 관심을 준 건 첫째지만

그만큼 상처도 제일 많이 준 아이다

사실 너에게 주었던 사랑이

내 방식대로의 사랑이었는지도 모르겠다

내가 미니멀을 못하는 이유

"이야~ 여보, 이 집 좀 봐. 아기 키우는 집 맞아? 너무 깔끔하다."

인스타그램을 구경하다 보면 정말 아기 키우는 집이 맞나 싶을 정도로 정돈되고 깔끔한 피드들이 많다. 바야흐로 미니멀이 대세인 시대다. 패션부터 시작해 인테리어, 생활 전반에 걸쳐 미니멀을 추구하는 사람들이 늘어나고 있다. 나도 미니멀을 해보겠다고 호기롭게 집 정리를 시작했건만, 이건 이래서 못 버리겠고 저건 저래서 못 버리겠다.

아이가 세 명이다 보니 계절이 지날 때마다 옷장 정리하는 게 보통 일이 아니다. 작아진 일콩이의 옷을 입은 이콩이를 보니 작년 그 옷을 입고 다녔던 일콩이의 모습이 오버랩 된다. 피식. 우리 아이가 저만큼 컸구나. 저 옷을 입고 대공원에 갔었지, 그때 할머니랑 함께 즐겁게 놀았는데. 옷 한 벌에 얽힌 기억들이 한순간에 소환된다.

하나씩 남겨 두었던 배냇저고리와 속싸개를 얼마 전에 정리했다. 아이의 작아진 옷을 보니 왜 이리 금방 커버리는지 아쉽기만 하다. 힘들 땐 빨리 좀 커라 싶다가도, 쑥쑥 커버리는 아이들의 모습을 보면 천천히 자랐으면 싶다. 아이의 물건 하나에도 추억이 깃들어 있는 것은 쉽사리 버리지 못한다. 이래서 내가 미니멀을 못 하는 것 같다.

결론, 사진과 동영상으로 많이많이 남겨 놓자. 이것들은 자리도 차지 않는 추억이니!

많이
작아졌네··

이 옷 입고
작년에 동물원에 갔지

옷 정리를 하다 보면

원숭이

엄마!
원숭이가 있어!

옷 하나에 얽힌 기억들이

한순간에 소환된다

얘들아, 조금만 천천히 자라줘

내가 가진 씨앗

친정 베란다에는 화분이 즐비하게 늘어져 있다. 언젠가 정원이 있는 전원주택으로 이사를 가는 게 꿈인 우리 엄마는 식물을 참 좋아하신다. 나는 식물에 관심이 없지만, 일콩이는 할머니를 쏙 빼닮았는지 식물에 관심이 많다. 어느 날 아이는 밖에서 놀다가 들꽃 씨앗을 주워와 화단에 심고 물을 주었다.

아이가 주워온 씨앗만 봐서는 이게 무슨 꽃을 피울지, 언제 피어날지 전혀 알 수 없었다. 겉모습만 봐서는 알 수 없듯이 우리 또한 그러하다. 각자 안에 있는 씨앗이 언제 움트고, 꽃을 피워낼지는 아이마다 다르다. 조금 늦더라도 그 아이만의 속도대로 찬란하고 아름답게 분명 피워낸다.

우리 아이들은 평균적으로 말이 느린 편이었다. 일콩이는 30개월이 다 되어서야 문장으로 말하기 시작했다. 그나마 이콩이는 좀 빨라서 두 돌 무렵에 문장으로 말하기 시작했는데, 삼콩이도 일콩이처럼 말이 느린 것 같다. 일콩이와 이콩이의 경험을 통해서 아이마다 발달 속도가 다 다르다는 걸 몸소 경험했건만, 아직까지 단어만으로 말하는 막내를 물끄러미 바라보고 있자면 '언제 문장으로 말하는 거지?' 하는 걱정이 스멀스멀 올라올 때가 있다.

아이마다 씨앗이 다르다는 사실은 마음에 새겨도 쉽게 잊힌다. 눈에 보이지 않는 내 아이의 가능성을 보고 기다릴 줄 아는 것. 내 기대와는 다른 꽃을 피워낼 때, 그 개성과 아름다움에 손뼉 쳐줄 줄 아는 엄마. 씨앗만 보고 속단하지 않을 인내심과 용기가 엄마에겐 필요하다.

엄마!
놀다가 주웠어~

어느 날 아이가 씨앗을 가져왔다

앗!!
엄마 싹 났어!!

아이가 정성스레 키우니 머지않아 싹이 났다

이건
들꽃인가?

이건
콩 씨였나봐~
콩 꼬투리 좀 봐ㅈ

피어난 꽃마다 모양이 다른걸 보니 애초 다른 씨앗들이었나 보다

코스모스
(가을에 피는 꽃)

시클라멘
(겨울에 피는 꽃)

개나리
(봄에 피는 꽃)

투구꽃
(여름에 피는꽃)

본래 꽃마다 모양도 개화시기도 다 다르거늘

사람들은 왜 자신이 가진 꽃만큼은 빨리 화려하게 피어나길 원할까

씨앗마저 저마다의 속도와 방식이 있는데

·감정 처방전·

둘

엄마가 참지 못해서 미안해

60점 엄마

"아이는 부모를 비추는 거울입니다."

이 말은 자녀 양육서를 읽다 보면 자주 등장하는 단골 멘트다. 나는 이 문장을 읽을 때마다 부담감이 엄습한다. 내 말과 행동을 보고 아이가 자란다니 일거수일투족 조심해야 할 것만 같다. 아이의 행동이 조금만 남달라 보여도 "나 때문인가?"라는 생각이 불쑥 올라온다.

이 명제에 따르면 부모는 항상 완벽하고 빈틈없는 모습으로 아이의 본보기가 되어야 한다. 하지만 너무나도 인간적인 자신의 모습에 좌절하게 된다. 영국의 정신분석학자이자 소아과 의사인 도널드 위니컷D. Winnicott은 "최선의 양육은 좌절과 실패 없는 삶을 경험하게 하는 것이 아니라, 최적의 좌절을 경험하게 하는 것"이라며 완벽한 엄마가 아닌 충분히 괜찮은 엄마Good-Enough-Mother를 언급했다. 완벽한 100점짜리 엄마가 아닌 70점짜리의 그럭저럭 괜찮은 엄마. 부족한 30점은 나의 인간적인 면모이다. 세월의 풍파를 거쳐 그러한 나의 인간적인 면모를 둥글게 깎아나가는 게 인생 아닐까.

우리가 100점짜리 완벽한 엄마가 되려고 발버둥 친다 해도 될 수
도 없을뿐더러, 양육 효능감만 떨어지게 된다. 양육 효능감은 육아에
서 매우 중요한 요소다. 엄마가 의도하고자 하는 일에서 실패하는 일
이 많아지면 그것이 스트레스로 이어지고, 감정 조절이 어려워진다.
감정 조절이 어려워지면 화내고, 실패하고, 결국 육아 효능감은 낮아
지게 된다. 육아 악순환의 사이클을 타는 것이다. 반대로 육아에서 긍
정적인 성공의 경험이 많아지면 양육 효능감은 높아진다. 마치 자존
감이 높아지는 것과 같은 맥락이다. 성공 경험치를 반복해서 쌓다 보
면 자존감이 높아지듯, 육아에서도 성공의 경험은 매우 중요하다.

완벽한 사람도, 완벽한 엄마도 없다. 나의 목표는 60점짜리 엄마
다. 요즘은 아이를 한둘만 낳는데 나는 아이가 셋이다 보니 내 시간
과 노력을 남들보다 더 잘게 나눠야 한다. 그래서 목표치를 좀 더 낮
게 잡았다. 이상적인 엄마의 모습이 높을수록 더 자주 실패를 맛보
게 된다. 하지만 목표를 조금 낮춘다면 작은 성공의 경험이 쌓여 나
를 단단하게 만들어 줄 것이다. 내가 주지 못하는 것에 불안해하지
말고, 내가 줄 수 있는 것에 집중하는 육아. 그게 엄마도 아이도 행
복한 육아일 테니.

내가 주지 못 하는 것에 미안해하지 말고

줄 수 있는 것에 집중하는 육아

100점짜리 엄마가 아니더라도

충분히 괜찮은 엄마

주전자가 보글보글

그런 날이 있다. 너무 피곤해서 예민한 날 혹은 기분이 안 좋은 날. 평소 같으면 그냥 넘어갔을 법한 일도 날카롭게 나를 콕콕 찌르는 것 같다. 집에서 심심해하는 아이들을 데리고 바람 쐬어 준다며 차를 끌고 나갔다. 넓은 공원에서 신나게 뛰어놀고 돌아오는 길. 피로함이 급습한다. 집에 와서 서둘러 씻고 잘 준비를 하는데 협조해 주지 않는 아이들에게 지친 몸이 버럭 화를 낸다. 재밌게 놀다 와서 마무리가 좋지 않으니 마음 한구석이 영 찜찜하다.

내 머리 위에는 주전자가 하나 얹혀 있다. 평소에는 보글보글 잔잔하게 끓지만, 나의 컨디션에 따라 불 조절이 제멋대로 돼버린다. 화력이 급속도로 강해지면서 주전자는 결국 넘치고 만다. 아이들에게 한바탕 잔소리를 퍼붓고 나면 물에 쫄딱 젖은 나와 아이들의 모습이 그제야 보인다. "아, 이러려고 그런 게 아닌데." 후회해봤자 이미 넘친 물을 주워 담을 수는 없는 법.

왜 자꾸 불 조절에 실패할까. 그러다 알게 됐다. 나는 아이들만을 배려하고 있었다. 그 배려 안에 나는 없었다. 내 몸이 지칠 때까지 끌고 다니면서 아이들이 즐겁게 놀 수 있다면 내 몸은 힘들어도 상관없다고 생각했다. 나 자신을 조금만 배려했다면 끓어 넘치지 않았을 텐데. 불 조절도 능력이다. 마음의 불을 조절하는 건 내 마음을 들여다보는 것으로부터 시작된다. 좋은 엄마 역할을 하는 것도 중요하지만, 나란 사람을 챙기는 것도 중요하다는 것을 잊으면 안 된다. 서로의 선을 편하게 얘기할 수 있는 관계야말로 오래갈 수 있다. 편한 사이일수록, 가까운 사이일수록 보이지 않는 '감정의 선'을 잘 챙겨야 하는 까닭 아닐까.

내가 있음으로 아이들이 있고 우리 가족이 존재하는 것이다. 힘들고 예민해질 땐 이런 나의 감각에 촉수를 세워 느끼고 멈춰야 한다. 이 느낌을 무시하면 보글보글 끓어오르던 주전자는 결국 넘치고 만다.

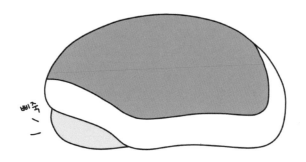

화가 나는 마음을 덮고 참기보다는

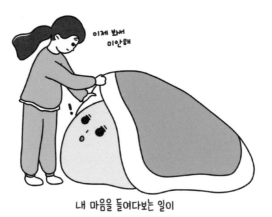

내 마음을 들여다보는 일이

마음의 불 조절을 잘할 수 있는 방법이다

끓어 넘쳐 버리는 물에 아이들이 꼴딱 젖지 않도록

감정, 내 안의 욕구와 만날 시간

정신없이 어질러진 거실 치우기, 아이 셋 목욕시키기, 잠재우기···. 설거지를 하면서 머릿속에서 떠다니는 할 일 목록에 한숨이 푹 나온다. 게다가 지금 시각은 8시! 평소보다 저녁을 늦은 시간에 먹은 탓에 시간이 촉박하다. 남편은 오늘도 야근이다. 후. 아이들에게 짜증 내며 빨리 정리하라고 큰 소리로 불호령을 내렸다. 괜한 불똥은 항상 아이들에게 튄다.

왜 이렇게 화가 날까. 그릇을 씻으며 차분해지려 부단히 애썼다. 화라는 감정 뒤에 어떠한 욕구가 감춰져 있는지 보았다. 내 욕구는 '빨리 누워 쉬고 싶다'였다. 그랬구나, 일단 그저 내 욕구를 인정해주고 셀프 공감을 해준다. 인정만 해줘도 내 마음은 한결 누그러진다. 나는 스트레스를 받느니 집안일을 잠시 내려놓기로 하고 고무장갑을 벗었다. 내일 아침에 하지 뭐.

욕구란 단어의 사전적 정의는 '무엇을 얻거나 무슨 일을 하고자 바라는 일'이다. 화, 짜증, 분노와 같이 부정적인 감정의 이면에는 좌절된 욕구가 숨어 있다. 감정은 우리의 욕구를 알려주는 지표와도 같다. 그러기에 감정을 회피하거나 숨겨서는 결코 우리의 욕구를 알 수 없다. 욕구를 외면하는 것은 나 자신을 외면하는 것이다. 나 자신을 계속 외면하다 보면 결국 내가 진짜 원하는 것을 알 수 없게 된다.

'나비 효과'라는 경제 용어가 있다. 나비의 작은 날갯짓과 같은 조그만 변화가 큰 폭풍우처럼 커다란 변화를 가져올 수 있다는 말이다. 우리 마음에도 나비 효과는 존재한다. 아주 작은 감정의 변화를 방치하고 덮어두면, 커다란 해일과 태풍으로 언제든 변할 수 있다. 아이는 엄마가 감정을 처리하는 모습을 등 너머로 보고 배운다.

나는 육아를 하며 마주하는 순간의 감정들을 덮어놓기에 급급했다. 내 안에 쌓아놓은 감정 찌꺼기들은 결국 썩어서 살짝만 들춰도 악취가 나기 시작했다. 그런 내 마음에 귀 기울이기 시작했을 때, 나는 비로소 내 안의 감정 찌꺼기들을 비워낼 수 있었다. 좀 더 쾌적하고 넓은 곳으로 변하도록 내 마음을 쓸고 닦았다. 매일 내 마음의 상태와 욕구를 들여다보는 연습을 하다 보면 점차 어려운 일이 아니란 걸 알 것이다. 육아를 하면서 번번이 찾아오는 부정적인 감정에 자책하는 대신, 그 감정 뒤에 숨겨진 나의 욕구를 먼저 발견하고 인정해보는 건 어떨까?

육아를 하며 화란 감정은 불쑥불쑥 찾아온다

화가 날 땐 그 이면에 숨겨진 욕구를 살펴야 한다

욕구가 좌절되었을 때 화라는 감정이 들기 때문이다

내 안의 욕구를 이해하는 것만으로도 감정이 한결 누그러진다

세상에 나쁜 엄마는 없다

집 근처 공원에는 요즘 찾아보기 힘든 모래 놀이터가 있어서 종종 아이들과 함께 가곤 한다. 아이들은 도착하자마자 양말과 신발을 훅 벗어 던지고 자유롭게 뛰어놀았다. 손과 발로 부드러운 흙의 감촉을 느끼고, 조그마한 콩 벌레를 데리고 논다. 처음 도착했을 때는 우리밖에 없었는데, 시간이 지나니 몇몇 가족들이 모이기 시작했다. 그런데 얼마 안 있어 큰 소리가 나 뒤를 돌아보았다.

한 엄마가 아이에게 고래고래 소리를 질러댔다. 앞뒤 상황은 잘 모르겠지만 엄마가 아이에게 다른 데 가자고 했는데 아이가 싫다고 한 것 같았다. 그 엄마는 "너만 재밌게 놀자고 왔냐고!"라고 소리 지르며 화를 내기 시작했다. 주변 사람들을 전혀 신경 쓰지 않는 듯했다. 분위기는 금세 싸해졌고 남편은 무안했는지 소리 지르지 말라며 아내를 연신 나무랐다. 결국 아이 엄마는 씩씩거리며 혼자서 걸어가고 그 뒤를 풀이 죽은 아이와 아빠가 뒤따라갔다.

오랜만에 모래 놀이터를 만나 즐거웠을 아이의 마음은 어땠을까? 오랜만에 가족들과 바람 쐬러 나온 아빠의 마음은 어땠을까? 그럼 소리 지르고 간 엄마의 마음은 편안했을까? 그 엄마는 얼마 못 가 아이의 손을 꽉 잡고 갔다. 순간의 화를 참지 못해서 미안했을 것이다.

수많은 육아서에서는 감정적으로 화를 내면 안 된다고 한다. 하지만 그게 말처럼 쉽던가? 그 엄마를 보면서 예전 내 모습이 떠올랐다. 참다못해 폭발하면 이성을 잃고 소리를 바락바락 질러대는 나를 보면서 분노 조절 장애인가 생각한 적도 있었다. 육아서를 읽으며 "그래, 차분하게 말해야지." 다짐하면서도 실전에서는 다시금 소리 지르는 나를 발견하면 또 한참을 괴리감과 자책감에 힘들어하곤 했다.

"나는 왜 안 될까?"
"우리 아이들이 나를 보고 배우면 어쩌지?"
아이들에게 소리를 지르고 난 후엔 더 우울해졌다. 육아서를 백날 읽어봤자 소용이 없었다.

나는 스스로 화나는 순간들을 떠올렸다. 특히 아이들이 밥을 잘 안 먹을 때 화가 많이 났다. "왜 그렇게 화가 나지?"라고 스스로 질문을 던져보았다. 결국엔 어릴 적 나의 상처 지점과 맞닿아 있었다. 워킹 맘이었던 엄마 대신 할머니와 많은 시간을 보낸 나와 동생은 밥 가지고 많이 혼났다. "괜찮아."라는 말을 못 듣고 혼났을 어린 나를 생각하며 한동안 많이 울었다. 호랑이 같던 할머니 밑에서 충분히 내 의사를 표현하는 게 불가능했기 때문에 나는 내 감정을 숨기는 것에 익숙해졌다. 그럴 수밖에 없었던 어린 시절의 나를 위해 충분히 슬퍼하고 위로했다. 그랬더니 정말 신기한 일이 벌어졌다. 예전에 화가 나면 참을 수 없이 폭발할 것 같던 내 마음을 어느새 스스로 조절할 수 있게 된 것이다.

정신분석학자 지그문트 프로이트Sigmund Freud는 "억압된 것은 반드시 회귀하고야 만다."라고 말했다. 감정은 누른다고 하여 눌러지는 단순한 것이 아니다. 일시적으로 잠잠해 보일 수는 있지만, 억눌린 감정은 반드시 곱절이 되어 튀어나온다.

우리나라 사람들은 예부터 감정을 억누르며 살아왔다. 힘들어도 버틸 것, 싫어도 싫은 티 내지 말아야 할 것. 긍정적인 감정은 너도나도 자연스럽게 표출할 수 있다. 하지만 부정적인 감정은 그 자체로 거부감이 든다. 그러한 감정을 가졌다는 사실만으로 죄책감이 들기도 한다. 아무리 엄마라 해도 자기가 낳은 자식이 미울 때가 있다. 우리는 이러한 부정적인 감정이 들면 불편해서 어쩔 줄 모른다. 감추려 하고, 부인하기 바쁘다. 하지만 이러한 분노와 미움 같은 부정적인 감정도 사실 인간의 자연스러운 감정 중 하나다. 억눌린 분노를 잘못된 방법으로 표출하는 것이 문제다. 그렇기에 감정을 억누르지 않는 연습을 가장 먼저 해야 한다. 화가 날 때 머릿속으로 1에서 10까지 센 후 한 김 식히고 대화를 하는 것도 꽤 효과적이다. 나는 화가 머리끝까지 날 때는 그러한 감정의 이유를 찾아보려 노력한다. 두루뭉술한 감정에 구체적인 이름을 갖다 붙여주는 과정을 거치다 보면 화가 조금 수그러들기도 한다.

우리는 부모이기 이전에 완벽하지 않은 인간이다. 그러기에 육아 서의 조언처럼 항상 일관되게 행동할 수도 없을뿐더러, 아이 앞에서 항상 조곤조곤 말할 수도 없다. 그럼에도 육아의 악순환은 나를 위해서도, 아이를 위해서도 끊어내야 한다. 그저 나의 지극히 인간다움을 인정하는 것, 인간으로서 다양한 감정이 드는 것은 당연한 일임을 인지하는 것이 악순환을 끊어낼 도화선이 된다.

세상에 나쁜 엄마는 없다. 지치고 아픈 엄마만 있을 뿐. 나의 상처를 들여다보고 충분히 인정하고 슬퍼하는 시간을 가지지 않는다면 분노는 걷잡을 수 없고 통제하기 힘들다. 우리의 무의식 바닥에 있는 상처기 때문이다. 아이는 쉬지 않고 나의 상처 받은 지점을 툭- 툭- 건드린다.

"엄마, 엄마의 상처를 봐요."

정신을 바짝 차리고 곰곰이 생각해보자. 내가 상처받은 지점은 어디일까? 어느 순간 화가 많이 나지? 분명 거기에는 상처받은 어린 내가 기다리고 있다. 당신이 손 내밀고 안아줄 때까지.

세상에 나쁜 엄마는 없다

마음이 아프고 지친 엄마만 있을 뿐

후ㅡ···

왜 이리
이상하리만큼
화가 났지?

아이는 끊임없이 부모의 상처를 만져준다

미안해
내 안의
작은 아이야

왜 이리
늦게 온거야

내가 그 상처를 더이상 외면하지 않고 안아줄 수 있을 때까지

아이 마음에 반창고를

"엄마, 나 손 베었어!!"

울면서 달려오는 일콩이의 손을 보아하니 종이에 살짝 베었다. 깊지 않은 상처지만 종이에 벤 상처는 왜 이리 아픈 건지. 우는 아이를 달랜 후 반창고를 붙여주었다.

"금방 아물 거야. 걱정하지 마."

아이들은 살성이 좋아서 아무리 큰 상처도 금세 아문다. 정말 탁월한 아이들의 피부 재생능력에 가끔 놀라곤 한다.

몸의 상처도 금방 낫는 성장기의 아이들이라면, 마음의 상처도 금세 낫는 걸까? 문득 아이들에게 밥 좀 제대로 먹으라고 짜증 낸 일, 느리게 준비한다며 성질낸 일들이 떠오른다. 어렸을 적 일이 평생의 트라우마가 되었다는 사람을 보면 우리 아이는 괜찮을지 걱정이 된다. 그러나 아이의 기질과 성향이 모두 다르듯, 같은 사건이라도 받아들이는 아이의 관점에 따라 상처로 남을 수도 있고, 반대로 아무렇지 않은 일로 넘어가 버릴 수도 있다. 그러니 너무 걱정하진 말자. 내가 노력한다 해도 아마 알게 모르게 아이들에게 사랑뿐 아니라 상처도 줄 것이다. 그건 아이들 몫으로 남겨 놓는다. 자신의 빈틈을 채우며 아이들도 멋지게 성장할 거니까. 과거가 현재에 지대한 영향을 줄지라도 현재의 나는 '과거로부터 영향을 받은 나'조차 변화시킬 수 있는 힘이 있다.

유년 시절의 가슴 아픈 상처마저 사랑까진 못하겠지만, 이젠 품어 줄 줄 아는 작은 여유는 생겼다. 나를 안다는 건 나의 깊은 상처까지도 너그러이 품을 수 있다는 것이다. 삶의 마지막 언저리 즈음 그러한 경지까지 다다랐노라 고백할 수 있을까. 삶이 주는 고난 앞에서 낙심치 않고 상처와 마주할 수 있는 용기를 내어보길. 우리 아이들 또한 그럴 것이다.

미안해 아가야
엄마가 알게 모르게 준 상처에도
금세 새살이 돋아나길 ...

좋은 엄마의 기준

2017년, 작고 아늑한 신혼집을 떠나 새 아파트 단지로 이사를 했다. 신도시의 특성상 아이 엄마들이 참 많았다. 모두가 새로운 둥지에 자리를 틀었기에 적극적으로 이웃 사귀기에 열을 올렸다. 명분은 '아이 친구 만들기'였지만 함께 모인 자리에서 웃고 떠들다 보면 나의 외로움 또한 허공으로 사라지곤 했다. 당시 4살이었던 일콩이는 기관 생활을 하지 않았다. 문화센터, 조리원 동기 모임 외에는 친구들을 만나볼 기회가 많지 않았다. 이사를 온 후 여러 친구를 사귀면서 아이는 관계에 대해 배우기 시작했다.

엄마들끼리 수다 삼매경에 빠져 있는 동안 아이들끼리는 크고 작은 다툼이 벌어지기도 한다. 양보라는 걸 이해하지 못할 나이부터 양보를 강요받고, 감정을 세련되게 표현하지 못하는 시기지만 '말로 해야지'라며 다그침 받는다.

푸름이 육아의 최희수 작가님은 말한다. 배려 깊은 육아를 실천하기 위해 아기가 어릴 때는 만남을 최소화했다고. 아이를 다그치는 상황을 최대한 만들어주지 않으려는 세심한 배려다. 6~7세까지는 '중심화 경향'이 남아있다. 바로 자기중심적으로 생각하는 현상으로 타인의 생각과 감정, 관점 등이 자신과 같다고 생각하는 것이다. 이는 이기적인 것과는 달리 뇌의 발달이 아직 미숙해서 타인의 관점에서 보지 못하기 때문이다.

그 당시 나는 정작 내 아이의 마음은 뒷전이고, 다른 아이와 엄마의 마음을 살피곤 했다. 과정보다는 결과에만 초점을 맞추어 내 아이를 타이르고 혼냈다. 모임이 끝나고 집에 돌아오면서 "너는 왜 그리 이기적이냐."라고 무언의, 유언의 말과 행동으로 내 아이의 마음에 비수를 꽂았다. 그 시기에 나타나는 특성 중 하나였던 건데 왜 그렇게 내 아이의 마음을 읽어주질 못했을까.

엄마들은 좋은 엄마가 되기 위해 애쓴다. 좋은 엄마란 무엇일까? 나는 그간 내가 좋은 엄마인 줄 착각하며 살았다. 하지만 그게 아니란 사실을 깨닫고 처참하게 무너져 내렸다. 심리적으로 바닥을 치고 나서야 망가진 내 마음이 보이기 시작했다. 바닥으로 내려간 자존감을 세우는 연습이 힘들지만 가장 선행돼야 한다. 그리고 나와 내 아이의 마음 챙기기를 연습해야 했다. 그렇게 나는 엄마가 된 6년 차에 '타인을 위한 엄마'에서 '나와 내 아이를 위한 엄마'로 거듭나기로 다짐했다.

예전의 나였다면 "다른 사람 만나면 인사 잘해."라고 아이에게 신신당부했을 것이다. 지금의 나는 '인사라는 행위를 통해 타인에게 만족감을 주고 아이 교육을 잘 시킨 엄마'라는 타이틀에 목숨 걸지 않는다. 아이는 말이 아닌 엄마가 인사하는 모습을 보며 배운다. 지금은 모르는 사람들에게도 인사를 잘하는 아이들이 되었다. 인사를 안 하려 하는 아이의 마음을 읽어주는 게 우선이다. 이유가 어찌 됐든 그 마음을 인정하고 기다려주는 것이 좋은 엄마의 역할이다.

남들이 좋은 엄마라 해주면 나는 좋은 엄마이고, 남들이 나쁜 엄마라 하면 나는 나쁜 엄마인가? 그 누구도 나를 평가할 수 없다. 그렇다 할지라도 그것으로 인해 내 가치가 바뀌진 않는다. 아이에 대한 평가가 나에 대한 평가는 아니므로 나와 아이를 분리해서 생각해야 한다. 앞으로 아이의 부족한 점은 부모가 옆에서 도와주며 채워가야 할 부분으로 생각하자.

나에게 있어 좋은 엄마란 결국 나와 내 아이의 마음에 '연결'되려 노력하는 엄마다. 잠시 불통이 되어도 불안해하지 말자. 완전히 끊어진 것이 아니니까.

잠시 불통이어도

끊어지지 않도록 잡고 있기에

결국 연결될 우리의 마음

나를 닮은 내 아이

나는 어려서부터 내향적인 아이였다. 초등학교 때는 반에서 있다
가 사라져도 모를 그런 아이. 중고등학교 때는 활발한 친구들과 어
울리기도 했지만, 혼자 있는 시간이 편할 때가 많았다. 외로움을 잘
타지만 인간관계에서 많은 에너지를 쓴다.

아이는 이런 나의 성향을 닮았다. 어디서든 나서는 법이 없었고,
새로운 친구를 사귈 때 먼저 선뜻 다가가지 못했다. 아이에게 괜찮
다고, 먼저 해보라고 수없이 말했지만 성향이 어디 갈까. 사실 나도
잊고 있었다. 내향적인 사람에게 나서는 일, 먼저 다가가는 일이 얼
마나 어려운지를. 나를 닮은 아이의 모습을 부정하고 싶었나 보다.
아니, 그 안에 비친 나 자신의 모습을 부정하고 싶었던 거다.

"애들은 활발해야지."
어머니가 가끔 아이들에게 하시는 말씀이다. 대부분의 엄마들은

내 아이가 적극적이고 똑 부러지게 발표도 잘하는 아이였으면 하는 마음이 있다. 내향적인 아이에게 이런 요구는 심장이 벌렁벌렁할 정도로 떨리는 일이다. 좀 더 적극적으로 해보라고 아이를 다그치기 전에 외향형이 무조건 좋은 것인지 생각해봐야 한다. 훌륭한 리더 뒤에는 드러내지 않고 조용하게 조력해주는 이들이 있다. 한 사회에는 외향적인 사람뿐 아니라, 내향적인 사람도 필요한 이유다. 외향인에게 없는 세심한 능력들을 내향인은 가지고 있다.

나를 닮은 아이의 어떠한 모습에서 불편함이 느껴진다면, 그와 관련된 내 안에 상처가 없는지 살펴봐야 한다. 내 안에 있는 열등감이나 단점들, 부정하고 싶은 나의 모습들을 아이의 모습에 투사하고 있는지 말이다. '투사'란 심리학에서 자신이 인정하고 싶지 않은 모습들을 타인에게 내던짐으로써 자신의 부담을 덜어내는 것이다. 내향적인 아이의 성격이 불편했던 이유도 이런 투사로부터 비롯되었던 것이다. 자신이 투사하고 있다는 걸 알아차리기만 해도 상황을 좀 더 객관적으로 볼 수 있다. 아이를 있는 그대로 받아들이기 전에 가장 먼저 '나 자신을 있는 그대로 사랑하는 일'이 선행되어야 하는 이유다.

인사드려야지~

어웅

어웅

안녕 콩아~

친구한테도
부끄럽냐고 ✿

안녀엉
(부끄부끄)

안녕!!

나도 어렸을 적 못 그랬으면서

너에게 자꾸만 외향적이길 바랐구나

내 안의 사계절

나는 낯을 가리는 성격인데, 처음 사귀는 무리 안에서는 어색함이 싫어서 평소보다 과장해서 행동하는 편이다. 대학교 OT 때 처음 만나 친해진 친구는 나를 사교성 좋고, 활발한 사람으로 기억했다. 첫째 출산 후 집으로 대학교 친구들이 찾아왔는데, 그 친구가 나에게 한 말이 기억난다. "예전에는 정말 활발했던 것 같은데, 아기 낳은 뒤론 예전에 알던 네 모습이 아닌 것 같아." 그 말을 듣고 한동안 혼란스러웠다. 어떤 모습이 진짜 내 모습이지? 내가 변한 걸까? 아니면 차분하고 조용한 지금이 진짜 내 모습일까?

봄에는 예쁜 꽃, 여름에는 푸르른 녹음, 가을에는 알록달록 예쁜 단풍, 겨울에는 앙상하게 남은 가지에 소복이 쌓인 눈. 나무는 계절에 따라 모습이 다르다. 그 어떠한 모습도 자기 모습이 아닌 것은 없다. 다만 환경에 따라 알맞은 모습으로 계속해서 변할 뿐.

엄마가 된 지금은 친구를 사귀는 게 신중하면서도 조심스럽다. 아이 친구 엄마는 사돈을 대하듯 하라는 지인의 말이 떠오른다. 그래서인지 쉽사리 마음을 여는 게 쉽지 않다. 나무가 사계절을 품고 있는 것처럼 우리 또한 사계절을 품고 있다. 나무도 계절에 따라 모습이 다르듯 사람도 환경과 시기에 따라 모습이 다르다. 우리는 종종 상대방의 단편적인 모습이나 상황으로 쉽게 타인을 판단하거나, 판단 당하기도 한다. 활발했던 나도 나의 일부이고, 조심스러운 나도 나의 일부이다. 앙상하게 가지만 남은 모습이 한 사람의 전부가 아니듯 우리는 입체적인 존재임이 분명하다.

우리는 종종 타인을 너무 쉽게 평가한다

한 나무도 계절에 따라 모습이 다르듯

미미의 할머니

미미의 외할머니로 워킹맘인
엄마를 대신해 미미와
쌍둥이 동생들을 키우느라
심신이 많이 지치심

허리 수술 1차례
갑상선암 수술 1차례

＊허구의 인물과 설정임

사람 또한 그러하다

할무이~♥

아이고
우리 강아지 왔노~♥

앙상하게 가지만 남은 모습이

나무의 전부는 아닌 것처럼

우리도 사계절을 품고 있다

마음이 건강한 육아

우리 집 부엌 귀퉁이에 자리 잡은 약통 안에는 비타민 B, C, 종합 비타민, 효모, 프로폴리스, 루테인이 있다. 알약을 쉽게 못 삼키는 신비한 식도 구조를 가져서 매번 약 삼키는 일이 보통 일이 아니다. 약은 웬만하면 먹지 말자는 주의지만 엄마의 성화에 못 이겨 영양제는 꾸준히 챙겨 먹는다. 매일 몸을 위해 각종 건강기능식품을 챙겨 먹는데, 마음을 위해서 노력하는 건 이에 얼마나 미칠까? 몸이 조금이라도 아프면 호들갑을 떨며 병원에 가는데, 마음은 곯아 버릴 때까지 회피하는 일이 얼마나 허다할까?

육아에서 제일 중요한 것이 뭐냐고 누군가가 질문한다면, 나는 주저 없이 "건강한 체력과 마음"이라 답할 것이다. 아이에게 공감해주고, 있는 그대로 바라봐주는 것은 부모에게 심신의 여유가 있어야 가능한 일이기 때문이다. 피곤한 몸은 마음의 여유까지도 앗아간다. 반대로 마음이 지칠 때는 몸도 무력해진다. 몸과 마음은 긴밀한 유기적 관계가 맞는 듯싶다.

육아로 인해 지쳐 떨어지지 않으려면 내 마음을 돌보는 일을 소홀히 하지 말아야 한다. 특히 엄마들은 24시간 아이들과 밀착되어 있어서 마음을 수시로 쓸고 닦지 않으면 금세 마음의 방이 엉망이 되고 만다. 자존감이 훅 떨어지기도 하고, 죄책감에 휘말리는 악순환이 반복되기도 한다. 힘든 감정이 들 때면 왜 이런 감정이 드는지, 내가 원하는 건 무엇인지에 대해 감정 일기를 써보는 것도 도움이 된다.

더불어 우리 마음을 좋은 것들로 꾸준히 채워 나갔으면 좋겠다. 좋은 책, 좋은 음악, 좋은 영화, 좋은 사람들. 우리의 마음을 풍족하게 채워주는 삶의 양식들 말이다. 적은 노력만으로도 내 마음은 눈치를 챈다. 나 사랑받고 있음을.

30대 중반이 되니 건강에 대한 조언을 종종 듣는다

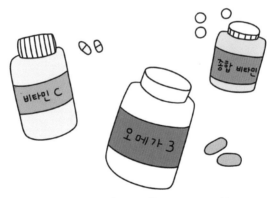

건강을 위해서 각종 영양제를 챙겨 먹기 시작했다

몸 건강을 챙기는 만큼

수시로 마음을 쓸고 닦아야 마음도 단단해진다

저질 체력입니다만

그런 날이 있다. 아무것도 하기 싫은 날. 나는 어려서부터 약골이었다. 하도 흐느적대서 엄마랑 할머니가 내게 붙여준 별명은 '문어'였다. 이런 내가 셋째를 가졌다고 말했을 때 친정엄마는 등짝 스매싱을 날리셨다. "어쩌려고 그래!" 내가 셋까지 낳고 싶어 한다는 걸 알고는 계셨지만, 진짜 셋째가 생겼다는 소식에 엄마는 기쁨보다는 체력도 약한 딸이 걱정되었을 것이다.

나름 결혼을 일찍 해서 28살에 첫 딸을 낳았고, 둘째를 30살에, 셋째를 32살에 낳았다. 남들은 팔팔하게 날아다닐 나이라지만 워낙 기초 체력이 없는 나는 삼콩이를 낳고 체력이 바닥을 쳤다. 이전에 한 번도 생리통이라곤 느껴본 적 없는 내가 마법이 시작되는 첫날엔 훗배앓이 같은 고통에 배를 움켜쥐어야 했다. 아이들과 여행이라도 다녀온 후 2~3일간은 후유증으로 손 하나 까닥할 힘도 없을 정도였다.

체력적으로 피곤한 날에는 마음이 곤두서기 쉽다. 나는 유독 피곤함을 잘 느껴서 시시때때로 충전이 필요했다. 육아를 하면서도 기분을 끌어올려 줄 수 있는 충전법. 나의 치트키는 '낮잠', '음악' 그리고 '산책'이다. 아이가 어릴 때는 최대한 같이 자려했다. 자고 일어나면 복잡했던 머릿속도 한결 가벼워진다. 아이가 좀 커서는 정말 피곤할 때 아이들에게 양해를 구했다. 생각보다 아이들은 제법 어른스럽게 행동한다. 이것도 안 통할 때는 잠깐 미디어의 힘을 빌려본다. 임신기간, 일콩이랑 놀아주다 지쳐 잠시라도 눈 붙이고 있기 위해 TV를 틀어주었다. 처음에는 미디어 노출을 완강히 금지했지만, 아이에게 짜증 내며 육아하는 것보다 엄마가 한결 기분이 충전된 상태에서 육아를 할 수 있다면 더 낫겠다는 판단이 들었다.

또 다른 충전법으로는 세상이 허락한 유일한 마약인 '음악'이다. 우리 조상들은 예부터 힘든 밭일을 하며 노동요를 불렀다. 고된 일도 노래의 흥과 함께라면 어렵지 않게 끝내게 된다. 내가 좋아하는 플레이리스트 정도는 가지고 있어 보자. 지칠 때 사운드 빵빵하게 좋아하는 노래를 틀고 흥얼거리다 보면 한결 기분이 나아진다.

마지막으로 무작정 밖으로 나가보는 것도 꽤 효과적인 충전법이다. 집에서 아이들과 복작복작하다 보면 스트레스가 극에 달하는 순간이 온다. 그럴 땐 즉흥적으로 아이들과 내복에 잠바 하나 걸치고 밖으로 나간다. 어슬렁어슬렁 걷다 보면 다시금 심기일전해볼 기운 이 솟아난다. 정신적, 육체적 노동의 연속인 육아에서 나를 즐겁게 만드는 건 나의 역할이다. 여러 방법을 시도해보면서 수시로 지친 마음과 몸을 달래줄 나만의 충전법을 찾는다면, 육아는 좀 더 수월 해진다.

저질 체력인에게 육아는

순간순간의 정신력을 요구한다

지친 몸에 마음이 날 서지 않도록

나만의 셀프 충전은 꼭 필요한 법

·하루처방전·

셋

우리 오늘은 또 뭐하고 놀까?

계획의 쓸모

아이와 하루를 채운다는 건 어떤 날은 참 쉬운 것 같으면서도 어떤 날은 참 어렵다. 육아 8년째지만 여전히 쉽지 않다. 이전에 엄마표 놀이로 SNS에서 유명하신 분을 인터뷰할 기회가 생겼다. 그녀에게 어떻게 그렇게 아이와 꾸준히 놀이를 해주는지 그 비결을 물었다. 그녀는 시간을 정해서 아이와 단 10분이라도 노는 시간을 만든다고 했다. 그녀의 아이는 5시쯤 어린이집에서 하원을 한다. 이후 이른 저녁을 먹고, 아이와 30분간 엄마표 놀이를 한다. 설거지를 끝내고 집 앞 산책을 간단히 다녀온 후 잠자리에 든다. 그녀의 하루는 매일 이와 같았다. 미리 세운 계획을 규칙적으로 지속하는 그녀가 존경스러웠다.

우리 집에도 루틴이 있다. 우리 집 막내는 아침 8시면 눈을 뜬다. 깨우지 않아도 알람시계처럼 항상 일정한 시간에 기상하는 게 신기할 정도다. 나는 아침에 〈To to list〉를 작성한다. 이 리스트는 이동하면서도 보기 쉽게 식탁 바로 옆에 두었다. 10대 때부터 기록하는 걸 좋아해서 계획표를 잘 사용했다. 〈To to list〉에는 거창하게 글을 작성하기보다는 매일 1~2개 정도의 큰 목표만을 세운다. 예를 들면 나에게 매일 중요한 과제는 잠깐이더라도 아이들과 '놀이 시간'을 갖는 것이다. 가장 윗부분에는 산책하기 및 놀이터 가기처럼 아이들과 함께할 목표를 써놓고, 밑에는 부수적으로 내가 해야 할 집안일들을 적는다. 청소기 밀기, 빨래 개기, 가계부 쓰기 등 잊지 말아야 할 업무를 적어 놓기도 한다. 집안일은 크게 욕심부리지 않아서 하루는 청소기를 돌리면 다음 날은 빨래, 이런 식으로 나눠서 한다.

처음에는 〈To to list〉를 빼곡히 다 채웠지만, 얼마 못 가 일정표는 간소해졌다. 습관을 들이기 위해 좋은 방법은 어렵지 않게, 무리하지 않는 것이다. 수준을 최대한 낮춰서 지속할 수 있을 정도로 말이다. 나의 아침 컨디션에 따라 일정표가 달라지기도 한다. 몸이 안 좋은 날에는 모든 계획을 최소화한다. 해야 할 일이 빼곡히 적혀있는데 아무것도 성취하지 못했다면 실패감과 실망감만 돌아올 뿐이다. 그래서 애초에 많이 적어두기보다 적게 적는 걸 추천한다.

오전과 오후로 나누어 기록하면 더 효율적으로 목표를 달성할 수 있다. 시간제한 없이 "오늘 안에 언젠가 해야지!"라고 마음먹으면 마음처럼 몸도 늘어져 못 하게 될 확률이 매우 높다. 하지만 단기적으로 오전, 오후로 목표를 쪼갠다면 달성하게 될 확률은 더욱 높아진다. 나는 주로 오전에는 아침밥을 먹고 난 후 집안일을 한다. 나에겐 아침 식사 직후가 에너지가 제일 넘치는 시간이다. 청소와 빨래는 이 시간에 하는 게 나에겐 최고의 효율을 낼 수 있는 일이다. 점심 먹고 난 후에는 늘어지기 쉬운 시간이라서 누워서도 입만 있으면 할 수 있는 역할 놀이나 책 읽어주기가 제격이다. 한 일에는 빨간색으로 동그라미를 그린다. 동그라미가 가득한 날에는 괜스레 훈장을 받은 것 같아 뿌듯하다.

매일 똑같은 일상이지만 나의 하루를 설계하고 기록하는 '계획의 여부'는 큰 차이가 있다. 아침마다 마주한 하루를 감사히 받고, 오늘 하루를 어떻게 채워갈지 행복한 고민에 빠진다. 하루를 마감하며 오늘의 육아는 어땠는지 점검하고 뒤돌아본다. 매일 86,400원이라는 돈이 내 통장에 입금된다면 무엇을 할 것인가? 큰돈은 아니지만 공돈이 생긴다는 건 상상만으로도 즐거워진다. 실제로 우리에겐 하루에 86,400초라는 선물이 주어진다. 시간은 누구에게나 평등하다. 매일은 그저 주어진 하루가 아니기에, 아침마다 주어진 시간을 어떻게 쓸지를 잠깐이라도 고민해보자. 아이와 하고 싶은 것, 내가 하고 싶은 것들을 계획해보고 규칙적인 일상 속에 녹여본다면 그날 하루의 만족도는 분명 상승한다.

어려서부터 계획 세우는 걸 좋아했다

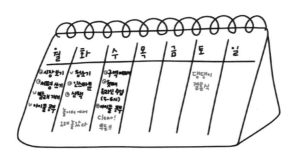

아이를 낳고 나서도 아침마다 해야 할 일을 적는다

좋아하는 것들을 하며
살고 싶어 ♥
(버킷 리스트 中 : 나만의 작업실 갖기)

매일 계획하고 살아낸 하루하루가 쌓여
나를 만들어갈 테니까

육아에 조미료가 있다면

일어날 시간이 아닌데 방 안에서 부스럭 소리가 들린다. 밝은 빛에 아이가 미간을 찌푸리며 부엌으로 나왔다.

"엄마, 이빨 요정이 안 왔나 봐."

실망감이 배어있는 일콩이의 목소리에 애써 태연한 척 말했다.

"요정이 이빨을 못 찾았나? 다른 데 있을 수도 있잖아. 다시 한번 잘 찾아볼래?"

아이의 이가 빠지는 날이면 우리 집에는 이빨 요정이 온다. 아이는 소중한 보물을 다루듯 조심스럽게 빠진 이를 투명한 플라스틱 원형 통에 넣어 머리맡에 두고 잤다. 밤이 되면 이빨 요정은 이빨을 가져가고, 킨더조이 초콜릿을 베개 밑에 두고 간다. 그래서 우리 집 아이들은 이가 빠지기만을 손꼽아 기다린다.

그런데 글쎄, 오늘 깜빡하고 킨더조이를 베개 밑에 두지 않았다. 나는 아이가 화장실에 간 사이 찬장에 숨겨 두었던 킨더조이를 잽싸

게 꺼내어 베개 밑에 숨겨두었다. 샅샅이 다시 한번 찾아보라는 나의 조언에 따라 아이는 이불과 베개를 뒤집어 보다가 금세 초콜릿을 발견하곤 함박웃음을 짓는다.

사람들은 이야기를 좋아한다. 끊임없이 새로운 SNS 매체가 개발되는 건 나의 이야기를 알리고, 타인의 이야기를 듣고 싶어 하는 사람들의 욕구에서 비롯된 것이 아닐까. 나는 싸이월드와 페이스북 시대인데, 요즘은 인스타, 유튜브, 틱톡이 대세다. 이 매체 또한 언제 사라질지, 앞으로는 어떠한 매체가 나올지 모르겠다. 기술 발전이 빨라도 너무 빠른 시대다. 하지만 본질적인 건 변하지 않는다. 그 어떠한 매체가 나오더라도 사람들의 이야기를 담는다는 사실이다.

아이들에게 밥 먹으라고 여러 번 불러도 대답조차 하지 않아, 잔소리하려다가 식당 주인으로 변신했다.
"여러분~ 주문하신 가지 볶음밥 나왔어요~"
"그래요? 알겠습니다. 금방 가요."
'밥 먹어라'라는 말에 불러도 대답도 없던 녀석들이 이 말은 기가 막히게 잘 들리나 보다. EBS 다큐프라임 〈이야기의 힘〉에서 나온 지하철 구걸 실험 결과가 흥미롭다. 아무 말도 없이 지나가는 거지에게 사람들은 별 반응을 보이지 않았지만, "곧 태어날 제 아이가 올봄에 필 꽃을 볼 수 있을 것"이라는 이야기를 이용해 동정심을 호소하자

호응도가 높았다. 이야기는 상대방의 정서적 몰입과 공감을 불러일으켜 내 의도가 담긴 메시지를 더 효율적으로 전할 수 있게 만든다.

같은 상황이라도 아이들은 이야기가 입힌 상황에 즐겁게 반응한다. 사실 이야기에 빠지는 순간 엄마도 의무감에서 해방되어 즐기는 사람으로 변하는 것 같다. 하기 싫었던 일도 이야기가 들어가면 즐거워진다. 오늘부터 육아 일상에 '이야기'를 얹어 활력을 불어넣는 건 어떨까?

이 빠지기를 손꼽아 기다리는 우리 집 꼬맹이들

두렵고 무서운 일도 이야기가 얹어지면 달라진다

육아를 좀 더 맛깔나게 만드는 조미료가 있다면

바로 이야기가 아닐까

아이들이 스스로 책을 더 보게 하는 방법

여름의 끝자락에서 가을이 성큼 다가왔다. 코로나바이러스 덕에 외출을 자주 하지 않으니 계절이 변하는 그 미묘한 느낌을 채 느끼기도 전에 계절이 바뀌었다. 밖에는 거의 못 나가서 아쉽지만 책 읽기 참 좋은 시기다. 종일 집에서 놀다 지쳐서 할 것 없을 때, 툭툭 앉아서 책 읽는 아이들의 모습은 참 예쁘다.

나도 어려서 책을 참 좋아했다. 엄마의 말에 따르면 밥을 먹으면서도 책을 읽으려 해서 꽤 혼났다고. 일주일에 한 번씩 이동도서관 차량이 오면 가서 몇 시간씩 앉아서 읽다 오곤 했다. 그런데 초등학교 고학년이 되면서 책과 점점 멀어지고 아예 손을 놓게 되었다. 다시금 책을 보기 시작한 때는 아이를 뱄을 때였다. 처음 빌린 책은 임신과 출산에 관련된 책이었다. 임신 10달간 내 몸에 어떤 변화가 일어나는지를 다룬 책이었다. 그 책을 빌린 시점으로 집 근처 도서관에 종종 들려 출산과 육아에 대한 책을 빌려 읽었다.

나는 아이에게 독서를 즐기는 습관을 길러주고 싶었다. 아이들이 책을 인생의 벗 삼아 살아가길 바라는 마음으로 자주 책을 읽어주었다. 첫돌이 되기 전 일콩이를 위해 처음 들인 책은 국민 전집으로 유명한 블루래빗 전집이었다. 아이는 책을 마치 장난감처럼 잘 가지고 놀았다. 19평 신혼집에 책장을 놓 공간이 마땅치 않아 2인용 식탁을 치우고 그 자리에 책장을 놓았다. 요리하고, 설거지하느라 부엌에 있을 때면 아이는 내 발밑에서 책을 뽑아 보곤 했다.

아이들에게 책을 꾸준히 읽어주다 보니, 나에게도 변화가 생겼다. 사실 책 육아의 수혜자는 아이뿐 아니라 읽어주는 엄마다. 짧은 그림책이라도 매일같이 아이에게 읽어주다 보니 아이뿐 아니라, 엄마인 나도 책 보는 게 익숙해졌다. 책에 대한 좋은 감정들이 쌓이니 책 읽는 게 즐겁다. 어느 순간부터는 도서관에서 아이 책을 빌릴 때, 내 책의 대출 비중도 점점 늘어났다. 책 육아에서 부모가 책을 가까이 하는 모습을 보여주는 것만큼 좋은 것은 없다. 부엌의 아일랜드 식탁에는 항상 책 한두 권이 놓여있다. 요리할 때, 화장실에 오래 앉아 있을 때 책을 읽는다. 아이들이 책을 즐겨 읽었으면 하는 바람으로 책 육아를 시작했건만, 나 또한 책과 가까워졌다.

아이들은 태어나면서 누구나 책을 좋아한다. 하지만 자라면서 부모의 강요 혹은 잘못된 피드백, 공부, 학원 스케줄에 치여 책에서 점차 멀어지게 된다. 아이들이 책에 대한 흥미와 관심사를 유지하도록 돕는 게 엄마의 큰 역할이다. 아이들이 스스로 책을 더 보게 만드는 나만의 방법은 기상 시간을 적극적으로 공략하는 것이다.

1. 아이가 눈 뜨자마자 책 한 권이라도 읽어준다.

아침에 책을 읽어준 날과 그렇지 않은 날은 큰 차이가 있다. 아이가 잠에서 깰 즈음 옆에 가서 동화책을 큰 소리로 읽고 있다 보면, 아이는 번쩍 눈을 뜨고 옆에 와서 이야기를 듣는다. 이렇게 아침을 책으로 시작하면 하루 중 틈틈이 아이 스스로 책을 꺼내 보곤 했다.

2. (특히 아침에 + 오후 아무 때나) 오디오 동화를 적극 사용한다.

주로 멜론으로 음악을 듣는데, 동화 뮤지컬로는 '주니 토니', 스토리 형식의 이야기는 '동화 배달부 레몽'을 추천한다. 그리고 포털사이트에서 검색하면 직접 창작한 동화 이야기를 들려주는 '하나 언니가 읽어주는 신나는 동화나라'라는 오디오도 괜찮다 이 업체들과는 무관함을 밝힌다. 식사 시간 또는 아이들이 조용히 놀 때를 포착하여 눈치껏 오디오 동화를 틀어준다. 이 방법은 온종일 내가 책을 읽어줄 수 없으니 나름의 대안 법을 찾다 생각해 낸 건데, 생각보다 효과가 아주 좋다. 아이들이 이야기를 집중해서 듣고, 이야기와 관련된 책을 찾아 꺼내 보는 선순환이 반복되었다.

아이들에게 직접 책을 읽으라는 말은 하지 않는다. 대신 아이들이 책 좀 읽었으면 좋겠다 싶을 때 눈치껏 치고 들어간다. 아이들 놀이의 흐름이 깨지지 않는 선에서 말이다. 한 권만 읽어주고 쏙 빠지면 아이들은 "또! 또!"를 외치며 다른 책을 꺼내 온다. 아이가 하나일 때는 시간이 비교적 여유로우니 책을 많이 읽는 편이지만, 아이가 둘 이상이면 서로 놀기 바빠 심심할 틈이 없다. 그래서 다둥이 집에서 이런 부분은 부모가 좀 더 신경 써줘야 한다.

"만일 어리다고 해서 가르치지 않다가 이미 어른이 되면 그 습관을 마음에서 버리지 못하므로 그른 것을 익히고 방심하게 되어 그에게 선한 것을 가르친다는 것이 매우 힘들게 된다."는 〈격몽요결〉의 구절처럼 책을 가까이하는 습관은 어려서부터 가르쳐야 한다. 자녀를 키우면서 부모가 가장 신경 써야 할 부분은 지식보다도 이런 좋은 습관들을 만들어 주는 거라고 생각한다. 3살 버릇 여든까지 간다는 속담처럼 어린 시절의 습관은 무섭다. 그전에 아이에게 주고 싶은 좋은 습관을 먼저 그대로 살아내는 부모가 되고 싶다.

엄마가 너희에게 꼭 주고 싶은 것 중 하나는

책을 인생의 벗 삼아 즐겨 읽는 습관이야

삶에서 길을 잃었을 때

좋은 책이 너의 인생의 등대가 되어주길 바라

화려하지 않아도 괜찮은 엄마표 놀이

한때 육아 블로그, 카페 또는 인스타그램에 있는 엄마표 놀이를 열심히 따라 해본 적이 있다. 화려하고 멋진 그들의 결과물과 내 아이가 만든 꼬질꼬질한 수준의 결과물이 사뭇 비교되기도 했다. 이걸 진짜 아이가 만들었다고? 엄마가 옆에서 도와줬겠지? 옛 속담에 뱁새가 황새 쫓다가 가랑이 찢어진다는 말이 있다. 랜선 엄마들처럼 멋지게 놀이를 해주는 건 내 영역이 아닌가 보다 싶어 빠른 포기를 했다.

내가 할 수 있는 만큼의 기준은 모든 엄마들이 제각기 다르다. 뭐든 적당히, 잘하지 않아도 된다. 내가 잘하는 건 요리인데, 잘 못 하는 청소까지 모두 잘하려고 하면 얼마나 스트레스를 받겠는가. 육아도 마찬가지다. 육아와 살림에서도 자신의 강점이 드러나는 분야가 있다. 요리, 청소, 아이 마음, 교육, 소통, 책 읽기, 놀이 중 여러 가지를 잘하는 사람도 있고, 단 한 가지만 잘하는 사람도 있을 것이다.

사람마다 다르건대, 어찌 우린 다 잘하려 욕심을 부리는 걸까.

　예쁘게 사진 찍어 올린답시고 놀이의 흐름을 끊지 않는다. 보잘것 없어 보이는 결과물이지만 내 아이가 만들어낸 작품에는 나와 아이가 눈을 마주 보며 웃고 대화를 나눈 추억이 깃들어있다. 그 어디에서도 구할 수 없는 유일무이한. 엄마표 놀이는 보이는 결과물이 다가 아니다. 밀도 있는 시간, 즉 아이와 내가 즐거웠다면 그걸로도 충분하다.

가끔 멋지고 화려한 엄마표 놀이 사진들을 보면 부러울 때가 있다

남들처럼 화려하고 멋진 결과물은 아니지만

우리가 웃고 떠든 시간만큼은 무엇과도 비교할 수 없다는 것

그거 하나면 충분한거야

수포자 엄마의 고백

나는 수포자'수학을 포기한 자'의 줄임말 중 한 명이다. 정확히 말하자면 수
학이 너무 싫었어서사실 너무 어려워서 문과를 선택한 아주 평범한 학생이었
다. 이렇게 수학이 싫었던 원인을 거슬러서 찾아보라 하면 초등학교
저학년 시절로 올라간다. 엄마는 매주 방문 선생님이 오시는 학습지
를 시켜주셨다. 나는 선생님이 오시기 하루 전 벼락치기로 학습지를
풀어댔고, 밀린 학습지를 엄마 몰래 장롱 밑에 쑤셔 박아놓았던 적
도 있다. 비슷비슷한 문제들로만 채워진 일주일 치의 학습지. 수학
에 정나미가 떨어진 건 그때부터가 아니었나 싶다.

우리 세대는 수학을 책으로 접하는 학문으로 배워왔고, 그와 같
은 방식으로 우리 아이들에게도 수학을 가르치려 한다. 옐레나 맥매
너먼은 그런 문제점을 지적한다. 아이들에게 어려운 수학 문제를 가
르치는 것보다, 부모들에게 수학이 재미있을 수 있다고 설득하는 일
이 더 어렵다고 말이다. 그렇다. 깨끗한 백지 상태의 아이들은 무엇

이든 즐겁게 받아들이고 흡수한다. 문제는 어른들이다. 나도 모르게 편협한 사고와 편견을 아이들에게 주입시키고 있지는 않은지 살펴 보아야 한다. 세상을 투명하게 보는 아이의 시선에 세월의 때가 긴 렌즈를 물려주고 싶은 부모는 아마 없을 것이다.

요즘은 엄마표 놀이와 관련된 책들이 워낙 잘 나와 있다. 인터넷에 조금만 검색해도 책뿐만 아니라 무료 정보와 놀이 방법들이 넘쳐난다. 우리 집에도 엄마표 관련 책이 종류별로 꽂혀있다. '엄마표 수학 놀이', '엄마표 과학 놀이', '엄마표 미술 놀이'. 첫인상은 아주 강렬하여 좀처럼 변하지 않는다. 수학에 대한 첫인상이 별로 좋지 않았던 나도 조금씩 용기를 내보려고 한다. 다시 한번 수학이란 친구를 사귀어 본다는 마음으로 말이다. 내가 생각했던 것보다 훨씬 괜찮은 녀석일지도 모른다는 기대를 품고서.

성별을 구분 짓지 않는 말

도전에 대한 두려움이 생기지 않도록 하는 말

세상을 투명하게 보는 너의 눈에 편견이 생기지 않도록

조심하고 또 조심하는 것들

노는 게 우리 할 일이거든

"엄마, 이리 와서 같이 놀자!"

"엄마 설거지만 다 끝내고 같이 놀자. 가서 너희 할 일 하고 있어~"

"알았어. 그럼 우리 가서 놀고 있을게. 노는 게 우리 할 일이거든."

아이의 대답에 머리를 한 대 얻어맞은 느낌이다. 그렇지, 아이에 겐 놀이란 본능 그 자체이자 일상이다. 놀이를 잃어버린 어른들은 가끔 이 사실을 잊는다. 요즘은 어린이집 다닐 나이만 돼도 여러 가지 사교육을 접하게 된다. 사교육 개수가 늘어나면 늘수록 아이가 놀 수 있는 시간은 점점 줄어든다.

"엄마, 회사 다니면 안 돼? 나 친구들이랑 방과 후 수업하고 놀고 싶어."

아이가 다니던 병설 유치원은 맞벌이만 방과 후 교육을 신청할 수 있다. 어안이 벙벙했지만 친구들과 놀고 싶은 아이의 마음을 생각하면 이해가 간다. 대부분의 친구들이 하원 후 학원으로 바로 가거나 방과 후 수업을 받았다. 그래서 친구들과 놀고 싶은 일콩이는 내게 이런 부탁을 한 것이다. 초등학생이 되면 학원을 가야 친구를 사귈 수 있다고 한다. 그 말을 듣고 전에는 '아니, 초등학생들이 학원을 얼마나 다니기에 놀 시간도 없나?'라는 생각이 들었다.

초등학생이 된 일콩이는 매일 피아노 학원, 주 1회 미술 학원에 다니는 터라 하루도 쉬지 않고 학원에 간다. 예체능만 보내는 것도 이 정도인데, 여기에 영어나 수학을 추가한다면 더 바빠질 것이다. 학원에 가야 친구를 사귈 수 있다는 말이 괜히 나온 게 아니다. 동네 놀이터에서 한참 뛰어놀 나이지만, 지금 이 시대의 아이들은 그럴 수가 없다. 아이 옆에 붙어서 오래 놀아줄 순 없지만, 노는 시간까지 뺏는 부모는 되고 싶지 않다. 행복한 아이의 웃음과 그 표정, 아이의 놀 권리를 오래도록 지켜주고 싶다.

행복한 웃음과 표정
아이들의 놀 권리를 오래도록 지켜주고 싶다

스스로 할 기회를 줄수록

아이들에겐 어떤 친구가 인기 있을까? 공부를 잘하는 친구, 예쁜 친구 혹은 잘생긴 친구, 운동을 잘하는 친구 등 여러 타입의 친구들이 있겠지만 '누군가를 도와주는 친구'는 어딜 가든 인기 만점이다. 초등학교에 들어가면 우유 급식을 신청하고 매일 마신다. 그런데 1학년 친구 중에는 우유 팩을 스스로 열 수 없는 친구들도 많다고 한다. 그때 친구들의 우유 팩까지 따주는 친구가 최고라는 말을 어느 커뮤니티에서 들은 적이 있다.

일콩이의 초등 입학을 위해 무엇을 준비해야 하나 고민하며 여러 정보를 뒤적였다. 한글과 수는 어디까지 하고 가야 아이가 뒤처지진 않을까? 수업 시간 40분 내내 아이가 궁둥이를 붙이고 자리에 앉아있을 수 있을까? 친구들과는 잘 지낼까? 그러다가 어느 선배 맘의 유의미한 댓글을 발견했다.

"학습보다는 스스로 할 수 있는 능력을 키워주세요. 혼자서 우유 팩을 딸 줄 알고, 어른 젓가락을 사용할 줄 알며, 자기 물건을 잘 챙길 줄 아는 능력을요. 무언가에 집중하며 앉아있는 연습도 해주면 좋겠죠."

학습에 대한 걱정이 컸던 나에겐 다소 싱거운 처방이었다. 그렇다. 아이의 자존감은 이런 작고 사소해 보이는 성공 경험에서부터 조금씩 쌓인다. 젓가락으로 서툴지만 음식을 야무지게 집는 경험, 스스로 우유 팩을 여는 경험, 자기 물건을 소중히 여기고 정리해본 경험은 공부 못지않게 중요하다. 어쩌면 공부보다 더 중요한 기본자세가 아닐까. 수업에 임하기 전 연필을 반듯이 깎고, 바른 자세로 앉아있는 연습이 더 중요하듯이.

나는 우리 아이들이 지금보다 더 어렸을 때, 여러 육아서를 읽으며 다짐했다. 아이를 하나의 인격체로 존중하고, 스스로 할 수 있도록 자립심을 길러주는 그런 지혜로운 부모가 되겠다고. 그런데 이 말을 지키는 건 정말이지 쉽지 않은 일이다. 아이가 혼자서 우유를 부어보겠다고 들고 있으면 "흘리니까 엄마가 해줄게."라는 말이 먼저 튀어나오기 일쑤였다.

스스로 할 수 있는 능력은 기회를 주는 것에서부터 시작된다. 조금 번거로워지고 귀찮지만 자꾸 아이에게 기회를 주는 엄마가 되려

한다. 실수할 것이 뻔히 보이지만 그럼에도 불구하고 서투름이 용인되는 이 시기에 많은 기회를 줘보자.

서툴지만 어른 젓가락을 사용해 야무지게 음식을 집을 수 있는 능력

가지런히 깎인 연필과 반듯한 자세

준비물을 잊은 친구에게 자기 것을 빌려줄 아는 마음

공부보다 중요한 기본이 아닐까

엄마의 불안감 다스리기

우연히 KBS 2TV 〈슈퍼맨이 돌아왔다〉 예능에서 가수 개리의 아들, 하오를 보았다. 하오는 못 하는 말이 없을 정도로 어휘력이 탁월하고, 눈썰미도 좋고, 심지어 배려심마저 뛰어난 아이였다. 네 살이라는 게 믿기지 않을 정도였다. 하오를 보다가 내 옆에 있는 세 살 된 막내를 물끄러미 바라보았다. 문장은 고사하고 단어조차도 몇 개 말할 줄 모르는 아이였다. 비교하지 말아야 하는 마음보다 먼저 본능적으로 '후' 한숨이 나온다.

육아에서 시기마다 엄마들은 알게, 모르게 다른 집 아이와 내 아이를 비교하며 저울질한다. 걸음마를 늦게 뗄 때, 말이 느릴 때, 대소변을 늦게 가릴 때 등등 육아의 시기마다 새로운 고민거리가 전에 했던 고민거리를 대체한다. 우리나라는 유독 아이들 교육에 엄마들이 모든 것을 걸 정도로 관심이 뜨겁다. 내 아이가 남들보다 뒤처졌을 때 천하태평하게 기다려줄 부모는 아마 없을 것이다.

내 뜻대로 아이는 크지 않아 육아는 스펙터클하고 그와 함께 불안함은 항상 우리를 따라다닌다. 이 불안함이 동반되는 삶에서 나만의 양육 소신을 만들어야 덜 흔들리고, 덜 불안해진다. 나는 불안해질 때마다 종종 나에게 묻는다.

"지금 내가 불안해하고 있는 이 일이 5년 뒤에 돌아봤을 때도 심각한 문제일까?"

이렇게 미래 시점에서 돌아보는 것은 불안함을 잠재우는 데 상당히 효과적이다. 일콩이의 말이 느리다고 심각히 고민했던 그 시간을 돌아보면 픽 웃음이 나는 해프닝일 뿐. 아마 지금 하는 고민도 이와 다르지 않을 것 같다.

말이 느리다고

대소변을 늦게 가린다고

밤잠 못 자며 걱정하고 고민했던 것들이

5년 뒤에는 그저 작은 해프닝으로 남더라

하루 처방전

엄마들에게 정말 필요한 건

하루 중 가장 바쁜 시간을 꼽으라면 단연 아침과 저녁 시간이다. 아침엔 등원 전쟁, 저녁엔 취침 전쟁을 치른다. 하나의 일을 끝내면 또 하나의 일이 기다리고 있는 게 육아의 하루다. 저녁 먹고 설거지가 끝나니 마지막 일이 남았다. 아이들 씻기기. 이미 시간은 8시가 다 되어 간다. 저녁밥을 조금 빨리 먹였으면 더 여유로울 텐데 그 30분이 안 당겨진다. 참 신기하다. 매너리즘에 빠진 회사원처럼 내 표정은 한없이 단조롭다. 마음은 급해서 '빨리빨리'를 연신 외친다.

이런 엄마의 마음을 아는지 모르는지 아이들은 웃고 떠들기 바쁘다. 그러다가 춤까지 추기 시작한다. 조그마한 엉덩이를 들썩거리며 웃긴 춤을 추며 노래를 부르는 아이들을 보니 나도 모르게 어이가 없어 웃어버렸다. 그 후부턴 무장해제된 내 마음. "에라 모르겠다!" 그냥 같이 웃고 즐겼다. 아이들과 한바탕 깔깔 웃고 나니 뭐 그리 10분 더 일찍 하는 게 중요하다고 인상을 팍 쓰고 있었는지 모르겠다.

생각해보면 일상에서 이러한 실수를 종종 한다. 고작 10분 더 빨리 나가려고, 10분 더 빨리 재우려고 아이들에게 윽박지르기도 하고 화를 낸다. 생각해보면 아주 중요한 일도 아니었는데 말이다. 세 아이를 키우면서 마음의 여유를 가지려 의식적으로 노력해야 했다. 그렇지 않으면 많은 생각 속으로 잠식되어 버렸다. 생각이 많아지면 마음이 분주하다.

엄마들에게 정말 필요한 건 마음의 여유다. 마음이 넉넉하면 아이의 사소한 실수에도 눈감아 줄 수 있다. 하지만 그렇지 않을 때는 아주 작은 일에도 분노가 일어나기 마련이다. 아이들과 함께 깔깔대며 일상을 즐길 줄 아는 여유. 언제든지 꺼내 쓸 수 있는 그런 넉넉함이 내 주머니 속에도 있었으면 좋겠다.

아이고 벌써 8시다
얘들아!! 얼른 씻자!!

10분 일찍 하는 게 뭐 그리 중요하다고

뭐야
씻으러 가라니까
아직도 놀고 있어?!
잘 시간이라고-

아이들에게 인상 팍 쓰며 혼을 냈을까

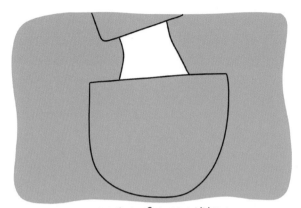

내 주머니 안에 마음의 여유가 넉넉하여

언제든 꺼내쓸 수 있다면 얼마나 좋을까

악어 엄마

잠자리에 들기 전 아이가 뽑아온 책은 『악어 엄마』였다. 우리 집에 이런 책도 있었나? 낯선 표지의 책을 들고 찬찬히 읽어주었다. 『악어 엄마』에는 여러 스타일의 엄마들이 나온다. 자신을 희생하면서 아이에게 퍼주는 엄마, 방임형 엄마, 그중에서도 악어 엄마는 일명 '낄낄빠빠'였다. '낄낄빠빠'는 낄 때 끼고 빠질 때 빠진다는 말의 약자다. 악어 엄마는 멀지 않은 곳에서 새끼 악어들을 가만히 지켜보고 있다가, 자신의 도움이 필요할 때 나타나서 도와준다. 새끼 악어들이 혼자서 할 수 있을 때가 되면 악어 엄마는 떠난다.

나는 불안이 많은 엄마다. 안전에 대한 불안감이 높아서 아이들에게 위험하니까 하지 말라는 말을 자주 한다. 아이들이 스스로 뭔가를 할 수 있게 지켜보는 건 나로선 큰 용기가 필요한 일이다. 머릿속에는 오만가지 나쁜 상황들로 가득하다. 엄마가 겁을 먹으면 아이들도 불안해한다. 불안은 전염력이 강하다. 그래서 아이들이 나를 닮아 겁이 많은지도 모르겠다. 그런데 『악어 엄마』를 읽고 나서 한번 시험해 보고 싶었다. 불안을 이겨낼 수 있는 나의 용기를, 아이들의 자신감을 믿어보고 싶었다. 악어 엄마도 아이들을 지켜보는 게 쉽진 않았을 테다. 언제 어디서 천적에게 잡아먹힐지 모르는 일이니 말이다.

그렇게 아이들은 생애 첫 심부름을 했다. 8살, 6살이 된 일콩이와 이콩이에게 물었다.

"얘들아, 너희들끼리 심부름 가볼래?"

"정말? 응! 갈래!"

"그럼 집 앞 편의점에서 엄마 커피 사다 줄 수 있어? 남은 돈으로 너희들 먹고 싶은 것도 사고."

"오예! 준비하자!"

엄마의 걱정과 달리 아이들은 설렘에 한껏 들떴다. 저 멀리 엄마의 커피, 자기들이 먹을 껌과 젤리를 외우며 두 손을 꼭 잡고 가는 아이들의 뒷모습을 보니 마음이 아련해졌다. 언제 저만큼 커서 혼자 다닐 수 있을 때가 되었나 싶다. 아이들을 기다리는 시간은 10~15분 남짓이었지만 나에겐 1분이 너무 느리게 흘러갔다. 창문 앞에 붙어서 아이들이 어디쯤 가는지, 왜 편의점에서 안 나오는 건지 불안하고 초조해가며 계속 지켜보았다. 아이들은 엄마의 불안함을 뒤로 한 채 멋지게 임무를 달성하고 돌아왔다.

그래, 악어 엄마처럼 쿨한 엄마는 못 되더라도 아이가 세상으로 나아가야 할 때를 놓치지 않는 엄마가 되자. 마음속에 일어나는 불안감을 슬그머니 밀어둬 본다.

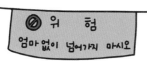

악어 엄마는 보내야 할 때를 안다

이제 혼자 해봐
엄마 없이 할 수 있어

짧게는 1년, 길게는 3년 이상 양육하고
그 이후엔 쿨하게 떠나 보낸다

엄마 커피 ♪

우리 젤리 ♪

일콩이가 8살이 된 첫 겨울
아이들을 집 앞 편의점으로 심부름 보냈다

어디 보자
저기 잘 가고 있군
휴우

기다리는 시간이 어찌나 길고 초조하던지

악어 엄마처럼 쿨한 엄마되긴 글렀지만

아이가 해 봐야 할 때를 막는 엄마는 되고 싶지 않다

육아는 장기전이니까

나는 어려서부터 계획 광이었다. 계획을 세우는 건 즐거운 일이다. 하지만 계획을 세우는 만큼 실행력은 그에 비하지 못하는 것이 못내 아쉽다. 아이들을 책 육아로 키운다는 소신으로 '하루 책 10권씩 읽어주기'를 목표를 세운 적이 있다. 하지만 역시나 며칠을 못 갔다.

여러 번의 작심삼일을 거치고 나서 내가 깨달은 것은, 우선순위를 세우고 얇고 길게 가야 오래 갈 수 있다는 것이다. 아이에게 좋다는 것이면 가능한 한 많이 주고 싶은 엄마의 마음은 모두 같다. 하지만 그럴 수만은 없는 현실이지 않나. 책 육아만큼은 나에게 1순위였다. 욕심을 버리고 더도 말고 덜도 말고 '하루 1권만큼은 읽어주자'라는 소박한 목표를 세웠다. 이 정도의 목표를 세우니 매일 지키기 쉬웠다. 오히려 1권을 읽어주다 보면 3권을 넘어 더 읽어주게 되는 날도 많았다. 여유가 아무리 없는 날에도 딱 1권 읽어주기는 큰 부담이 없다.

수많은 육아 교육서를 읽다 보면 이것도, 저것도 챙겨줘야 할 것들이 너무 많다. 이걸 다 따라 하다가는 짧고 굵게 지쳐 떨어지기 딱 좋다. 많은 걸 해주자는 의욕에 앞서 내가 우선하는 가치는 무엇인지 생각해볼 필요가 있다. 육아에는 부모의 소신이 중요하다. 결국 나 자신이 추구하는 가치가 무엇인지, 무엇을 중요하게 생각하는지를 정리해봐야 소신껏 행동할 수 있다. "너 자신을 알라."는 소크라테스의 말처럼, 나 자신을 알아야 육아라는 장기전에서 쓰러지지 않고 오래도록 달릴 수 있다.

집안일
미루지 않기

엄마표 놀이
매일 하기

식단
3첩 반상

매일 책 10권 이상
읽어주기

너무 과한 의욕은

백기 들음 ㅍㅠ

흐아 ~
못 하겠다

얼마 못 가서 지치기 마련이다

육아란 장기 마라톤에서

'얇고 길게'가 필요한 이유

엄마도 엄마의 시간이 필요하단다

잃어버린 나를 찾아서

결혼 전 아이들을 크게 좋아하는 편은 아니었다. 그런데 나도 어쩔 수 없는 도치 맘인가 보다. 나와 남편을 닮은 조그만 아기가 어찌나 예쁜지, 그 어떤 것과도 바꿀 수 없는 존재로 아이는 내 가슴에 자리 잡았다. 신생아 시절 극한의 30분 대기조 생활을 하면서도 내 품에서 있는 힘을 다해 젖을 빨아대는 생명체를 보니, 경이로움에 가득 찬다. 이 꼬물거리는 생명체의 한순간도 놓치고 싶지 않다. 눈으로만 담는 건 망각에 의해 날아갈 것이 뻔한 것, 휴대폰 갤러리는 그렇게 아기의 사진으로 빼곡히 채워졌다.

육아를 시작하며 예전에 만들어 둔 블로그를 활용하기 시작했다. 한순간도 잊고 싶지 않아 매일 아기의 성장을 기록했다. 아이의 첫 배밀이, 걸음마, 이유식 등등 모든 것들이 너무나 신기하고 감동적이었다. 내 배 속에서 나온 이 귀여운 생명체는 나의 육체를 고되게 만들지만 무한한 엔도르핀을 선사해주었다.

아기가 태어나기 전에는 모든 게 '나 중심'이었다. 내가 오늘 무엇을 먹고, 무엇을 했으며, 누구와 함께했는지가 주요 관심사였다. 하지만 아이가 태어나고 내 일기장의 주인은 아기가 되었다. 내 아이가 오늘 무엇을 먹었으며, 어떤 개인기를 선보였으며, 어딜 나갔는지와 같은 내용으로 일기장이 가득 채워졌다. 내 SNS 계정의 주인이 나인지, 아기인지 헷갈릴 정도다. 그러면서 한 여자가 아닌, "누구 엄마"로 불리는 것에 점차 익숙해진다.

그렇게 잘 알던 나인데 오랜만에 마주하려니 처음엔 어색하다. 친했던 친구도 자주 보지 않으면 그 친구에 대해 잘 알고 있던 사실도 잊어버리는 것처럼. 뭘 좋아했더라, 뭘 잘했지? 일단 거창할 것 없이 소소하게 좋아하는 일을 시작했다. 나에겐 그것이 그림이었고, 독서였다. 그리고 나에 대해 기록했다. 아이의 기록으로만 채워진 블로그 한구석에 내가 읽었던 책, 나의 일상, 내 그림을 남겼다. 더 이상 내 SNS는 아이만의 것이 아니다. 많은 엄마들이 결혼 후 자신을 잃어버린 것 같은 허탈감을 느낄 때가 있다. 하루의 끝에 내가 느꼈던 감정을 기록하고, 내가 좋아하는 것을 고민하며 무엇이 됐든 나란 사람에 대해 기록해보자. 그러다 보면 점차 '나다움'을 찾아가게 될 것이다.

부모가 되니 아이들이 좋아할 메뉴를 고르게 되고

쇼핑을 가면 아이들 옷이 먼저 눈에 들어오고

SNS에는 아이 사진으로 가득 차게 된다

오랜만에 마주한 내가 어색하다

나만의 화풍

어린 시절 내 꿈은 만화가였다. 그래서 어려서부터 TV 속의 만화영화 주인공들을 따라 그림 그리기를 즐겼다. 교과서에는 공부한 흔적보다는 그림 흔적이 더 많을 정도였다. 응당 예체능 과에 들어가 미대 입시를 준비하려 했었지만, 현실적인 문제에 부딪혔다. 할머니까지 모시고 사는 공무원 아빠의 월급만으로는 미대 입시 학원비를 충당하기가 너무 버거웠기 때문이다. 결국 나는 돈 앞에서 내 꿈을 포기해야만 했다. 수리 영역은 영 꽝이지만, 언어 영역은 그나마 자신 있던 터라 차선책으로 문과에 들어가게 된 것이다.

"내가 그때 미대에 진학했더라면 지금쯤 나는 내가 원하는 걸 하며 살고 있겠지?"

어리석게도 그때 예체능 과에 들어가지 못한 것을 평생의 한으로 여기며 살았다. 불과 몇 년 전까지만 해도 말이다. 공무원 준비를 하다 편입하여 중국학과에 들어가고 무역업계에서 일했다. 단기적으로 1년, 2년의 목표는 항상 있었지만, 먼 미래의 내 모습은 그려볼 수 없었다. 그렇게 현실에서 도망치듯 결혼을 했다. 더 이상 꿈에 대해 생각하지 않아도 되니 처음에는 얼마나 홀가분했는지 모르겠다.

육아하며 남는 시간에는 주로 책을 읽었다. 20대엔 1년에 단 몇 권도 읽지 않았지만, 엄마가 되고 폭발적으로 많이 읽었다. 책을 읽으며 내가 깨달은 것 중 가장 큰 수확은 "과거는 바꿀 수 없지만 현재는 바꿀 수 있다."라는 문장이 머리에서 가슴으로 내려왔다는 것이다. 부끄럽지만 내 20대를 돌아보면 과거를 탓하느라 현실에서 내가 바꿀 수 있는 일이 없다고 생각했었다. 유명한 화가 반 고흐는 미술상이었고 교사였으며 목사와 전도사로도 살았었다. 그에게 화가 전의 과정들은 불필요한 것이 아니라, 자신만의 화풍을 만드는 데 필요한 양념 같은 것이었다.

내가 걸어온 과정들은 서로 연관성도 없고 불필요해 보일지라도 결국 나를 만드는 재료가 된다. 내가 걸어온 발자국이 나임을 이젠 부정하지 않기로 했다. 편입을 준비하며 나도 맘먹으면 뭔가를 이룰 수 있다는 자신감을 얻게 됐다. 새벽 5시에 나가 밤 11시에 집에 들어오는 생활, 화장실 가는 시간도 아까워 영어 단어 수첩을 들고 이동했던 그 열정은 어디에서도 살 수 없는 특별한 경험이었다. 무역 회사에 다닐 적에는 끊임없이 나에게 내 꿈이 뭔지 묻는 시기였다.

현실을 바꾸려는 용기는 없었지만 진정한 행복과 꿈에 대해 고민했다. 아이를 낳고 나서는 출산도 했는데 못 할 일이 뭐 있나 싶을 정도로 대담해졌다. 이 모든 과정이 있음으로 지금의 내가 존재한다. 우리가 경험하는 것들은 모두 헛되지 않다.

대학 입학 후 교내에서 지원해주는 공무원 아카데미에 다녔다

막상 공무원 준비를 제대로 하진 않았지만
그때 배운 영어를 토대로 어학연수의 기회를 얻게 되었다

뜻하지 않은 기회
노력해서 얻은 결과물

내가 지나온 모든 길은 지금의 나를 만들어 준 길이었다

아줌마는 설레면 안 되는 거야?

헐렁한 티셔츠는 벗어 던지고 옷장 속에서 마음에 드는 옷을 고심하며 고른다. 오늘 나의 픽은 분홍색과 흰색이 들어간 체크무늬 원피스. 눈두덩에 반짝이는 금빛 아이섀도를 얕게 바른다. 코랄 빛이 나는 립스틱도 함께. 화장한 듯 안 한 듯 자연스럽게 집을 나선다. 나가는 순간만큼은 아주 재빨라야 한다. 아이 셋에게 붙잡히지 않도록. 현관문을 닫고 나옴과 동시에 "오, 예스!"를 외치며 내 마음은 쿵쿵 뛴다. 죽었던 연애 세포가 다시 살아나는 것 같다. 이 설레는 마음을 가득 담아 오늘은 어딜 갈까?

동네에 조용하면서도 인테리어가 아기자기한 북카페를 찾았다. 주말이면 나는 종종 카페에 가서 2~3시간 정도 혼자만의 시간을 즐긴다. 카페도 자신과 맞는 카페가 있는 것 같다. 사람이 별로 없는 오전 시간대에 가면 채광이 제일 좋은 자리는 오롯이 내 차지다. 따뜻한 아메리카노 한 잔을 주문하고 들고 온 책을 읽는다. 아, 오늘

책 잘못 가져왔다. 하필 치매 환자의 이야기를 따뜻하게 풀어낸 책인데 도저히 눈물 없이 읽을 수가 없다. 카페에서 마스크 쓰고 끅끅거리다 혼자 청승맞게 뭐 하는 짓인가, 싶어 결국 책장을 덮었다.

멍하니 테라스를 바라보기도 하고, 그림도 그리면서 일주일 동안 애타게 기다렸던 이 시간을 만끽한다. 편안함을 주는 장소, 은은한 향과 입안에서 쌉싸래하게 퍼지는 커피의 맛, 잔잔한 음악 소리, 따사로운 햇살. 내 몸의 모든 감각으로 설렘이 주는 자극을 느껴본다. 이렇게 나는 일주일간 잘 해냈노라 나를 토닥인다. 그저 내가 나를 위로해주고 인정해주는 나만의 시간. 이 설렘으로 나는 또 한 주를 살아간다.

매일 같은 장소에서 벗어나

혼자만의 시간과 공간 속에서

설렘과 마주한다

소중한 나에게 주는 선물같은 시간

새벽 커피 맛이란

새벽 5시. 드르륵드르륵. 휴대폰 알람이 울린다. 황급히 손을 더듬어 알람을 껐다. 아침이면 포근한 이불은 달콤한 유혹이 된다. 조금만 더 누워 있고 싶은 마음이 굴뚝같다. 하지만 이불 속을 파고들자면 다시 잠들 게 뻔하다. 결국 휴대폰을 쥐고 일어나 옹기종기 제각각의 모습으로 잠든 아이 셋과 남편을 뒤로한 채, 슬며시 방을 빠져나온다. 잠시 화장실에 다녀온 후 커피포트에 물을 넣고 끓인다.

보글보글 커피포트의 물 끓는 소리가 참 좋다. 압력밥솥에서 나는 칙칙 소리, 커피 물 끓는 소리는 내가 좋아하는 소리 중 하나다. 사람 사는 온기가 따뜻하게 느껴지는 것 같아서. 연하게 탄 아메리카노를 한 모금 물어본다. 입안에서 부드럽게 도는 따뜻한 커피의 맛이 좋다. 그래, 이 맛이지. 하루 중 눈 뜨자마자 마시는 이 따뜻한 커피의 맛은 어떠한 맛도 비할 데가 없다.

나의 하루는 새벽 5시에 시작된다. 내가 처음 새벽 기상을 시작했던 건 2019년 3월 어느 봄날이었다. 변화의 시점은 셋째의 출산이었다. 결혼 후 10년간은 내 생활을 포기한다는 마음으로 아이 셋을 계획 임신했었다. 그만큼 아이에게 집중하고 싶었기 때문이다. 그런데 나도 사람인지라 내 생활이 없는 게 몇 년이 되니 심적으로 지쳐 있었다. 나에겐 돌파구가 필요했다. 그것도 매우 절실하게. 하지만 시간이 없었다. 당시 일콩이는 병설 유치원 재원 중이었는데 오전 9시 등원하여 오후 1시 30분에 하원했다. 게다가 이콩이도 가정 보육 중, 삼콩이는 임신 중이었으니까. 참 답이 없는 상황이었다.

그러다가 『Make time』이라는 책이 눈에 들어왔다. 그 책을 읽진 않았지만, 제목만 보고 순간 깨달았다.

"아, 남는 시간을 찾는 게 아니라 시간은 만드는 거구나."

그래서 그때부터 "Make time"이란 말을 뼛속에 새기고 적극적으로 시간을 만들기 시작했다. 읽고 싶었던 책을 읽기 위해 새벽에 일어나기도 했다. 가끔 나에게 책을 읽고 싶지만 시간이 없다고 물어오는 사람들이 있다. 시간이 없다고 하기 전에 시간을 만들려 노력했는지 도리어 묻고 싶다.

새벽 기상을 하려면 일찍 자야 한다. 육아에서 가장 중요한 건 체력이다. 잠을 줄이면 피곤함에 매우 예민해지고 만다. 최소 7~8시간의 수면을 확보하기 위해 아이들을 재우면서 같이 잤다. 새벽에 일어나서는 내가 좋아하는 일을 먼저 한다. 그래야 강력하고도 달콤한 침대의 유혹을 떨쳐내고 일어날 수 있다. 잠들기 전에 내일은 일어나서 무슨 일을 할지 머릿속에 구체적으로 그려 넣는 것도 도움이 된다.

월요일부터 금요일까지는 새벽 기상을 하고, 주말에는 10시간을 넘게 푹 잔다. 요요 없는 다이어트를 위해 일주일에 하루 정도는 그동안 참았던 것에 대한 자유를 허락하듯, 새벽 기상을 지속하기 위해서도 한 주간 수고했다고 나를 토닥이는 날이 필요하다. 그날만큼은 충분한 숙면을 하고 방 안에 내리쬐는 아침 햇볕을 이불 속에서 만끽하는 거다.

아침잠이 많아 학창 시절부터 고생했던 내가 새벽 기상을 하루, 이틀 해내는 날이 많아지니 자존감도 점차 단단해졌다. 이것도 할 수 있는데 다른 것도 못 할까 싶은 도전 의식이 생긴다. 엄마일수록 이런 작은 성취 경험을 겪어야 한다고 생각한다. 그것이 새벽 기상이든, 아이와 관련된 엄마표 놀이든, 맛있는 집밥 만들기든. 하나의 분야에서 지속적인 성취 경험은 자신감을 되찾아준다. 결론적으로 나를 변화시킨 건 '간절함'이었다. 간절함이 있다면 누구나 변할 수 있다. 내가 변한 것처럼 말이다. 간절함이 없다면 일부러라도 절박

한 상황 속에 나를 던져보는 건 어떨까.

"타인의 지배 아래 놓인 일상으로부터 떨어져 나온 유한하고 고
독하며 불안으로 가득 찬 세계는 우리의 본래적인 세계, 그곳에서
비로소 우리는 존재의 의미를 깨닫는다."라고 독일의 철학자 마르
틴 하이데거는 말했다. 엄마가 아닌, 한 인간으로서 존재의 의미를
깨닫는 시간. 육아와 집안일에 얽매인 일상으로부터 잠시 떨어져 고
요한 나만의 시간이 엄마에겐 절실하다.

일상으로부터 잠시 떨어진
고요한 나만의 시간

용기를 내, 포카혼타스

어려서부터 디즈니 애니메이션을 좋아했다. 일요일 아침 8시면 알람이 따로 필요 없었다. 디즈니 만화 소리에 자다가도 눈을 번쩍 뜨게 되니까. 디즈니 관련 명작들도 책으로 닳고 닳게 읽었다. 지금 봐도 전혀 촌스럽지 않은, 디즈니 특유의 예쁜 그림체가 좋다. 어렸을 때 즐겁게 읽었던 이야기들을 이젠 내 무릎 위에 앉은 딸아이에게 읽어준다. 아이들도 디즈니 명작 시리즈에 열광했다. 그래서 읽었던 책 위주로 영화를 보여주었다. 어릴 땐 그저 재미있게 보았는데 30년이 지난 지금 만화에서 주는 메시지가 다르게 보인다. 그중 하나가 〈포카혼타스〉다.

디즈니 〈포카혼타스〉는 17세기 영국의 식민지 개척을 배경으로 한 실화 기반의 영화다. 주인공 포카혼타스는 원주민 추장의 딸인데, 부족의 사절이 되어 영국에 가게 된다. 처음 포카혼타스가 영국에 갔을 때 영국인들은 자신과 다른 그녀를 보고 야만인이라며 손가락질한다. 순식간에 포카혼타스는 우리 안에 갇힌 원숭이처럼 구경 거리가 돼버렸다.

우리는 우리 자신과 다른 걸 쉽게 받아들이지 못한다. 다른 것으로부터 두려움을 느끼는 걸지도 모르겠다. 한국인들은 예부터 공동체 중심으로 살아왔다. 그래서 남들과 다른 길을 가면 더욱 불안감에 빠지게 된다. 나에게는 가정 보육이 그러했다. 이콩이 출산 한 달전, 일콩이의 어린이집을 퇴소했다. 보통 출산을 앞두고 첫째를 어린이집에 보내는 보통 과정과는 정반대의 선택이었다. 당시 워킹맘이었던 나는 육아휴직을 받게 되었다. 그러면서 어린이집 적응에 힘겨워하는 일콩이를 퇴소시키기로 결정했다. 나를 아는 사람들은 한사코 말리기 바빴지만, 내 마음의 소리를 따르기로 했다. 남들과는 다르지만 우리만의 길을 가보기로.

남들과 달라도 괜찮은데, 다른 게 당연한 건데, 다른 걸 견디기 어려워하는 우리. 그 불편함을 감수하고 견뎌내야지만 군중의 대열에서 빠져나와 나만의 길을 걸어갈 수 있지 않을까? 세상의 소리로부터 나를 잃지 않을 용기가 필요하다. 그 길이 비록 외롭고 남들 보기에 가시밭 같아 보여도 나만의 길을 묵묵히 걸을 수 있는 뚝심이 있으면 좋겠다. 누구나 마음속에 자신만의 포카혼타스를 가지고 있다.

용기를 내, 내 안의 포카혼타스!

남들과 달라도 괜찮은데

다른 게 당연한건데

다르면 왜 자꾸 불안해지는 걸까

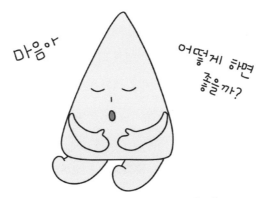

세상의 소리보다는 내 마음의 소리에 귀 기울여볼래

꿈꾸기 늦었을 때란

얼마 전 스타강사이자 작가인 김미경 선생님의 유튜브 영상을 보았다. 그녀는 대한민국을 넘어 글로벌 스타강사가 되겠다는 목표를 가지고, 최근 2년간 영어를 공부하여 실제로 미국 스탠퍼드 대학에서 20여 분간 영어로 강의를 진행했다. 진짜 100% 영어만 사용하여 영어권 학생들, 교수 앞에서 강의하는 그녀의 모습을 보고 온몸에 전율이 흘렀다. 그러한 멋진 모습 뒤에는 얼마나 피나는 노력이 있었을까? 60세가 다 돼가는 그녀에게 나이는 숫자에 불과해 보였다. 패션 공부를 위해 밀라노에 가고 패션쇼를 여는 그녀는 꿈을 좇아 사는 삶이란 게 무엇인지 온몸으로, 말해주고 있었다.

호메로스의 〈일리아드〉에 등장하는 트로이의 유적이 발견되기 전, 사람들은 그저 '일리아드'를 신화 속의 지어낸 이야기라고 믿었다. 하지만 8살의 하인리히 슐리만은 다른 사람과 달리 그 유적은 실제로 존재한다고 믿었고, 언젠가는 자신이 그 유적을 발견하고 말리란 꿈을 꾼다. 먹고살기가 힘들어 식료품 점원에서부터 무역회사의 지점장까지 어디서 무슨 일을 하든 그는 꿈을 잊지 않고 살았다. 그의 나이 50세 홀연히 아내와 트로이의 유적지로 추정되는 곳인 히사를리크 언덕으로 떠나게 된다. 풀 한 포기 나지 않는 황량한 벌판에 전 재산을 쏟아부은 그를 사람들은 미쳤다고 손가락질했지만, 그의 꿈은 포기를 몰랐다. 결국 고고학자도 아닌 아마추어인 그의 손에 장엄한 트로이의 흔적들이 나타난다.

결혼해서 아기를 낳고 나니 덩그러니 내가 남았다. 취업을 위한 자격증도, 나를 수식하는 직업도 없이 오로지 엄마란 타이틀을 단 '나'. 경력단절이 된 나는 사회에 어떠한 쓸모도 없는 사람인 것 같았다. 내가 살고자 하는, 원하는 인생은 무엇일까? 아이를 낳고 나서 많이 생각할 수밖에 없었다. 내가 다시 사회에 나간다면 어떤 일을 할 수 있을까? 정말 가슴 뛰는 일을 찾을 수 있을까? 내 꿈은 뭘까? 마치 진로 고민을 위해 밤새 고민했던 사춘기가 다시 온 듯 잖았다.

애만 보며 집에서 무릎 나온 추리닝을 입고 있는 모습이 우울할 때, 50의 나이에 새로운 시작을 하는 이들을 떠올렸으면 좋겠다. 남들은 늦었다고 무슨 꿈이냐고 말할 때 나는 꿈꾼다. 엄마니까, 엄마라서 다시 주어진 기회다. 바로 처음부터 시작할 기회. 중국학을 전

공하고 자연스레 무역업계에서만 일해본 경력을 과감히 버릴 기회.

꿈꾸기 늦었을 때란 늦었다고 포기하는 그 순간이 아닐까.

엄마가 되니 내 이름 석자보다 누구 엄마라는 호칭이 더 익숙하다

엄마로 살며 꿈을 꾼다는 건 사치라고 생각했다

하지만 꿈꾸기 늦었을 땐 늦었다고 포기하는 순간이다

엄마이기에 뭐든지 처음부터 시작할 수 있는 기회가 주어진 거니까

습관에도 근육이 필요해

블로그를 꽤 오랫동안 운영하고 있다. 2021년 기준으로 나름 17년 차 블로거다 물론 저기서 10년은 거의 방치 및 자료 수집용으로 썼다. 오랫동안 블로그를 운영해보니 예전에 자주 소통했던 이웃들이 소리소문없이 하나둘 사라진다. 보통 저품질이 와서 기존의 블로그를 버리고 새로운 블로그를 만드는 것이었다. 나에게도 이 무시무시한 저품질이 온 적이 있다. 둘째 출산 전이었는데, 의욕이 싹 사라지더라. 그래서 그때 당시 2년 정도 블로그를 방치해 놨었지만 오래된 블로그를 버릴 수가 없었다. 특히 첫째의 성장 사진들, 그때 느낀 나의 감정이 담겨 있는 기록을 더더욱 버릴 순 없지 않은가. 어찌 됐건 오랜만에 다시 돌아오니 저품질은 다행히 풀려있었다. 하지만 아쉽게도 2년 전 함께 소통하며 지냈던 이웃들은 대부분 남아있지 않았다.

블로그에서 오랫동안 이웃인 분들, 꾸준하게 지속해온 이들은 대부분 열심히 사는 분들이다. 블로그만 들어가도 여기저기 자극받을

소재가 많다. 하루는 나와 같은 아이 엄마인데 새벽 3시에 일어나 하루를 시작한다는 글을 읽은 적이 있다. 이건 반칙 아니야? 누군지 기억은 잘 안 나지만 어쩌다 마주친 그 글은 나에게 큰 충격이었다. 당시 기관에 다니지 않는 일콩이, 이콩이와 함께 9~10시 즈음 느지막이 일어나 하루를 시작하곤 했던 나였다. 한껏 게으른 삶을 반성하며 당장 내일부터 새벽 기상을 하리라 다짐했다. 호기롭게 알람을 새벽 5시에 맞춰놓고 잤다. 결론부터 말하자면 단 하루도 성공하지 못했다.

누구나 이런 경험이 있을 것이다. 새해 목표를 거창하게 세우고 한 달도 못 가는 현실을 경험하면 의지가 없는 자신만 탓하게 된다. 그러나 사람의 의지는 믿으면 안 된다. 기존에 일찍 일어나지 않았던 내가 목표를 달성하려면 아주 쉬운 것부터 조금씩 해야 한다. 기상 시간을 1시간만 당겨 8시, 조금 적응되면 7시, 6시 이런 식으로 찬찬히 강도를 높여서 말이다. 평소 숨쉬기 운동만 하던 사람이 하루아침에 윗몸일으키기 백 개를 할 수 없듯이. 운동을 하면서 어제는 너무 힘들었던 동작이 오늘은 그럭저럭 할 만하게 됐을 때, 그 뿌듯함은 이루 말할 수 없다.

습관 만드는 것도 몸의 근육을 만드는 것과 동일하다. 처음부터 잘할 수 없는 건 당연하다. 좋은 습관을 만들기 위해서는 기초 체력과 근육을 길러야 함을 기억하자. 습관 공식이 있다면 "뭐야 너무 쉬운 거 아냐?" 이 정도의 목표와 그 쉬운 목표를 매일 반복하는 꾸준함에 있다.

 * 좋은 습관 만들기 공식 = 이 정도면 도전해볼 만한 목표×반복, 반복 또 반복

독서로 마음의 양식 쌓기

공감과 위로를 주는 그림 그리기

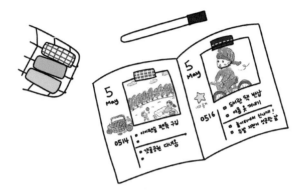

하루하루 소소한 일상들을 기록하기

평생 습관으로 만들어가고 싶은 것들

엄마의 독립

"엄마, 오늘 우리끼리 작은 방에서 자도 돼?"

"정말 그럴 수 있겠어?"

일콩이가 엄마 없이 동생들과 자보겠다고 한다. 안방에서 패밀리 침대를 쓰면서 아이들의 발에 얻어맞기도 여러 번. 언제쯤 편히 잘 수 있을까 싶었지만, 막상 아이들끼리 자게 되는 날이 오니 기분이 마냥 날아갈 것만 같진 않다. 기특하면서도 마음 한편으로는 아쉬운 마음이 든다. 엄마 마음이란 참 이상하다. 좁은 침대에서 새우등처럼 웅크리고 자던 기억도 그리운 추억으로 남는 걸 보면 말이다.

아이는 커가면서 단계별 독립을 선포한다. '내가, 내가'의 시기엔 뭐든지 부모의 도움 없이 혼자 하고 싶어 한다. 엄마가 골라주던 옷을 더 이상 입지 않기 시작한다. 좀 더 크면 혼자 밖에서 놀고, 잠도 부모 없이 잔다. 사춘기 때는 부모의 모든 말이 간섭처럼 들리므로 최대한 말조심해야 한다. 성인이 되어서는 진정으로 집을 떠나 훌훌 날아오른다. 엄마 껍딱지의 시기는 태어나서 몇 년밖에 되지 않는다.

육아의 최종 목적은 '독립'이라고들 하는데, 막상 아이가 독립할
시점이 되면 엄마 마음은 휑하다. 아이가 유치원에 처음 갔을 때 오
히려 아이보다 엄마인 내가 분리 불안이 아닌가 싶었다. 아이는 엄
마와 떨어질 때 잠시 울고 원에 들어가서는 즐겁게 논다는데, 나는
아이가 끝나는 그 시간까지 시계를 흘끔거리며 아이 생각을 한다.
'지금쯤 점심 먹고 있겠다. 밥은 맛있는 거 나왔으려나?'

아이에게 독립 시기가 다가올 때마다 진정으로 축하해주고 보내
줄 수 있도록 엄마도 마음의 준비가 필요하다. 아이가 떠날 채비를
하면 발목 잡지 않는 엄마가 되기 위해서. 아이의 비상을 축하해주
고 엄마 또한 엄마의 길을 갈 수 있는 준비. 아이의 독립 시기마다
엄마도 한 발짝씩 자신의 길을 걸어갈 수 있는 여지가 생겨남을 자
축해본다.

어린이집에 아이를 처음 보냈을 적

아이가 하원 하는 시간까지 시계만 흘끔 보게 되었다

분리불안을 느낀 건 아이가 아닌 나 자신이었다

아이의 독립 시기마다 나 또한 한 발짝씩 뒤로 물러나 아이를 응원해본다

오늘도 참 애썼어요, 당신

아이가 아플 때 특히나 죄책감이 든다. 여러 이유가 마음속을 어지럽게 떠다닌다. 내가 잘 먹이지 못해서, 푹 재우지 못해서, 충분히 뛰놀게 하지 않아서 그런 것만 같다. 유독 몸이 약한 일콩이는 환절기면 늘 감기를 달고 산다. 일콩이는 어린이집을 다녔던 4개월 내내 감기약을 먹었다. 아이가 아픈 것만큼 나에게 괴로운 일은 없다. 대신 아파주고 싶지만 그럴 수 없이 끙끙 앓는 아이를 보면 미안한 마음에 눈물이 앞을 가린다.

아이들은 종종 실수한다. 아직 어리고 미숙하여 모든 일이 도전이나 마찬가지다. 아이의 실수는 눈감아주고 괜찮다며 넘어가 주지만 우리는 자신의 실수에는 야박해진다. "그것밖에 못 하냐."며 스스로 다그치고, 몰아붙인다. "너는 엄마 자격도 없어."라는 말로 자기 자신에게 상처를 주기도 한다. 아이가 울면 왜 그러냐며 안아주고 세심히 달래주지만 내 마음이 낙심하고 있으면 그냥 두는 경우가 허다하다.

남편에게, 혹은 타인에게 인정과 사랑을 받아 채우려 할수록 더욱 외로워졌다. 나를 인정해주는 건 내가 먼저 해줘야 하거늘. 내가 아프면 가장 먼저 나 스스로를 달래줘야 하거늘. 고된 육아의 하루를 남편에게 인정받으려 하기 전에 오늘도 수고했다고, 참으로 애썼다고 나 자신에게 말 걸어주는 건 어떨까. 존재 그 자체로 축복받아야 마땅할 아이처럼, 나 자신도 그렇게 대했으면 좋겠다. 사랑 표현도 습관이고 연습이다.

"오늘도 참 애썼다. 최고야."
"힘들었지? 그래도 충분히 잘했어, 최선이었는걸."

우아한 백조도

물밑에서는 끊임없이 헤엄치듯이

무탈해보이는 우리의 하루하루는

보이지 않는 엄마의 수고와 인내로 이루어졌다

후- 이제 곧 육퇴다
보리차 한 잔
마시고 자야지 :)

오늘도 부단히 애썼다고

토닥

오늘 너무
기운 없었는데
수고 했다 진짜 ..!

셀프 토닥

잘 해냈노라고 나 자신을 토닥여주자

취학통지서

딩동. 2020년 12월 어느 저녁에 배달된 하얀 종이, '취학통지서'. 내 손에 쥐어진 하얀 종이를 들여다보니 기분이 정말 이상했다. 아이는 50cm로 태어났건만 어느새 두 배 이상인 120cm까지 자라 초등학교에 입학한다니…. 내 엄지손가락만 했던 아이의 발 사이즈는 이제 200이 되었다. 내 발 사이즈를 곧 따라잡을 날이 머지않았다고 생각하니 기분이 묘하다.

부모에서 학부모가 된다는 것. 부모에 '학'자라는 한 글자가 더 붙었을 뿐인데, 느낌은 하늘과 땅끝 차이같이 느껴진다. 양육만 신경 쓰면 되는 갓난아기에서, 이제 어엿하게 공부를 시작할 수 있을 만큼 아이는 훌쩍 자랐다. 학부모라지만 나는 평생 '부모'라는 사실을 기억하려 한다. 관리하고 요구하는 학부모가 아닌, 아이와 언제든지 소통할 수 있는 부모의 자리에 서 있기를. 학부모 1년 차, 한 학년이 올라갈수록 나 또한 아이와 함께 자라날 거다.

내 품에 안기어 쌔근쌔근 잠이 들던 조그맣던 네가

엄마 젖을 한참 동안 물고서야 잠이 들던 네가

엄마와 떨어져야 하는 어린이집 앞에서 한참을 울던 네가

이제는 혼자서도 씩씩하게 다니길 좋아하는

말괄량이 초등학생이 되는구나.

네가 학교에 처음 적응하는 1학년인 것처럼

엄마도 학부모 1학년이 되었어.

네가 좌충우돌 경험하고, 실수하며 배워가는 것처럼

엄마도 아마 그럴 거야.

우리 서로의 부족함을 너그러이 감싸주며 함께 헤쳐나가자.

너무 잘 해내려 하지 않아도 괜찮아.

그럭저럭 너만의 속도대로 가면 돼.

그 누구보다도 함께이기에 잘 해낼 수 있을 거야.

너는 엄마를 믿고, 엄마는 너를 믿을게.

아이야.

무엇보다 밝고 건강하게 자라주렴.

새롭게 시작되는 너의 초등 생활을 엄마는 힘차게 응원해.

느리더라도 너의 속도대로

불안하더라도 호기롭게

잘하지 않아도 괜찮아

그저 너만의 길을 걸어가렴

·관계처방전·

다섯

가족이라는 든든한 울타리 안에서

형제자매 싸움, 지혜롭게 대처하는 법

"엄마, 언니가 장난감 뺏어갔어! 엉엉···."

집안일을 하는 나의 다리품에 쏙 들어와 서러움을 폭발시키는 이콩이. 이콩이가 가지고 있던 장난감을 일콩이가 뺏어간 모양이다. 토닥토닥 우는 이콩이를 달랜 후 "속상하겠다. 언니한테 가서 달라고 말해봐."라고 조언해준다. 그럼 멀리서 엄마의 목소리를 듣던 일콩이가 큰 목소리로 외친다.

"엄마! 내가 뺏은 거 아니야. 원래 내가 먼저 가지고 있던 거라고!"

후, 도대체 어느 장단에 맞춰줘야 하는 걸까? 공평하게 대해줘야 한다는 생각에 초보 엄마 시절 내가 많이 실수했던 것 중 하나는 엄마가 나서서 재판관이 되는 것이었다.

"이거는 이러해서 이러하고, 저거는 저러해서 저러하니깐 얼른 둘이 사과해."

아이들 간의 다툼은 형제자매가 있는 집에서 흔히 벌어지는 일상이다. 일상이라고 표현한 이유는 아이들이 즐겁게 노는 것만큼 싸움도 자연스러운 것임을 의도한 셈이다. 부모 입장에서는 아이들이 사이좋게 놀았으면 좋겠지만, 옛말에도 그러하듯 아이들은 정말 싸우면서 큰다. 아니, 싸우면서 배우는 것이 많다. 이견을 조율하는 법, 내 욕구를 건강하게 표현하는 법, 상대방의 의견도 존중해주는 법. 이 모든 것이 사회성을 위한 교육이나 다름없다. 그럼에도 여전히 제일 어려운 일은 아이들 사이의 싸움을 중재하는 엄마의 역할이다.

도대체 엄마는 어떻게 대처해야 할까?

정말 간단한 방법은 아이들의 속상한 감정을 들어주고 인정해주는 것이다. 해결사 노릇을 하지 않아도 된다. 아이들은 자신의 감정을 인정받았다고 생각하면 깜짝 놀랄 정도로 훌훌 털어버리곤 한다. 한 번은 이콩이가 언니와 다투던 중 울면서 나에게 달려왔다. 평소 같았으면 일콩이를 부르면서 "너 왜 동생한테 이렇게 하니! 얼른 미안하다고 해."라고 말했을 텐데, 이날은 화낼 힘조차 없어서 이콩이를 안고 조용히 말했다. "저런, 그래서 정말 화가 났구나. 엄마 같아도 속상할 것 같아. 언니가 왜 그랬을까." 단지 공감만 해주었을 뿐인데 아이는 울음을 멈추더니 언니를 부르며 다시금 아무렇지도 않게 놀았다. 나는 그 당시 이 일이 상당히 충격적이었다. 단지 공감만으로 아이의 감정이 누그러지다니.

만약 내가 공감 대신 재판관의 역할을 선택했더라면 억지스러운 화해를 이끌어내지 않았을까. "언니가 왜 동생을 때리니?"부터 시작해 "장난감은 같이 가지고 놀아!"라며 아이들의 감정은 묵살했을 것이 뻔하다. 아이들에게도 화가 나면 화를 내고 짜증을 낼 권리가 있다. 언니라고, 동생이라고 양보하거나 말을 잘 들어야 한다는 걸 요구해서는 안 된다. 우리는 착한 아이를 만드는 것이 목표가 아니다. 자신의 감정을 적절히 표현할 줄 알아야 건강한 아이다. 그러려면 아이가 편안하게 자신의 감정을 표현할 수 있도록 도와야 한다.

집에 있는 시간이 길어진 요즘, 아이들이 싸우는 소리에 엄마도 지치고 화나기 쉽다. 부모도 힘든 날에는 아이들의 감정을 읽어주기가 결코 쉽지 않다. 힘든 날에는 나부터 토닥이고 추슬러야 아이들의 감정도 수용해줄 수 있는 그릇이 된다. 이론처럼 잘할 수 있는 날도 있지만 그대로 잘 안 되는 날도 있는 법이다. 만약 엄마가 재판관의 역할을 맡고 있다면 해결의 열쇠를 슬며시 아이들에게 쥐여 주자. 어리다고 생각한 아이들의 머릿속에서 반짝이는 해결 방법이 나오는 것을 보고 놀랄 것이다. 안 싸우는 게 아니라, 지혜롭게 잘 다툴 줄 아는 아이들로 커나가도록 오늘도 나는 아이들을 지지한다.

안 싸우는 게 아니라

지혜롭게 잘 다툴 줄 아는 아이들

착한 아이보다는

건강하게 감정을 표현하는 아이로 자라나길

어벤져스 자매

아이들에게 정리를 시키는 일은 항상 고달프다. 계속 치워라, 치워라 잔소리를 늘어놔야 하는 입장도 힘들고 듣는 입장도 싫은 건 마찬가지다. 하루는 잔소리 폭격 대신 아이들에게 시합을 제안했다.

"얘들아, 이제 엄마는 저녁 먹은 거 설거지를 할 건데, 너희는 셋이서 한 팀이 돼서 거실 치우는 건 어때? '준비 시작'하면 하는 거야? 이기는 편 소원 들어주기 내기다!"

소원이 걸려 있으니 아이들은 좋단다. 여기서 눈치 없게 승부욕 발동해서 진짜 이겨버리면 아이들 김이 빠지니 슬쩍 천천히 해주는 것이 포인트다. 아이들은 자기들끼리 한 팀이라고 하니 서로 기분이 좋은가 보다.

"우리 자매는 한 팀! 자매의 힘을 보여주자!"

알 수 없는 음과 지어낸 가사로 흥얼흥얼 신나게 노래를 부르는 아이들을 보니 어벤져스가 생각난다.

마블 영화 시리즈 중 〈어벤져스〉는 각각의 다른 캐릭터를 가진 영웅들이 힘을 합쳐 악당을 물리치고 지구를 구해내는 이야기다. 처음에는 영웅들끼리 분열, 다툼도 있었지만 결국엔 하나로 뭉치는 어벤져스 팀. 캐릭터 하나하나 좋지만 어벤져스의 가장 큰 매력은 저마다 다른 슈퍼영웅들이 능력을 모아 싸우는 부분이다. 이 마지막 장면에서 관객들은 희열을 느낀다. 한 명이었을 땐 상상하지 못했던 힘으로 서로를 돕고 도와 결국 지구를 지켜내는 영웅들의 모습에서 우리는 어마어마한 협동의 힘을 보게 된다.

결혼 전부터 내 꿈은 아이 셋을 낳는 것이었다. 저출산 시대에 대단한 애국자라고 생각할지 모르지만, 부모가 세상을 떠날 때 서로에게 의지가 되는 형제자매를 선물로 주고 싶었다. 지금까지도 이 생각은 변함없다. 내가 한 일 중 가장 잘한 일을 꼽으라면 아이들을 낳은 일이다. 지겹도록 싸울 때도 있지만, 서로 힘이 되어주고 도와주는 어린 아이들을 보면 마음이 흐뭇해진다. 나에게도 연년생 터울의 여동생이 있다. 어렸을 적부터 사소한 다툼을 매일 벌였지만 현재 동생만 한 친구가 없다. 친구 같은, 아니 친구보다 더 가까운 자매 사이. 이런 관계를 내 아이들에게도 주고 싶었다.

우리 아이들도 자라면서 많이 다투겠지만 이것 하나만큼은 기억했으면 좋겠다. 너희는 서로 한 팀이라는 것을.

첫째가 어른이로 보일 때

둘 이상 낳아본 부모들은 안다. 첫째 때는 매번 어렵고 힘들었던 육아가 둘째 때는 한결 수월해지고 여유도 생긴다는 것을. 첫째는 하나부터 열까지 어려웠다. 모든 과정이 처음이라 서툴렀다. 완모부터 시작해서 밤중 수유, 이유식, 배변훈련, 떼쓰기, 사회성 모든 관문이 어려웠다. 육아 책을 읽어도 그 집 아이와 내 집 아이는 달라 적용하기도 쉽지 않았다. 너무 어렵게 일콩이를 키운 터라, 이콩이는 그에 비해 참 쉬웠다. 대충대충 감으로 해도 이콩이는 잘 따라와 줬다. 이콩이는 이렇게 힘 안 들고 키우다 보니 나와 신경전을 벌이는 것도 자연스레 적었다. 대부분 둘째들이 첫째보다 둥글둥글 원만한 성격을 가질 수밖에 없는 이유 같다.

안 그래야지 하면서도 자꾸 일콩이를 큰아이로 취급하게 된다. 양보하고 져주면 될 것을, 왜 그리 첫째는 이기적일까 자문하곤 했다. 자꾸 그렇게 생각하니 사사건건 아이가 이기적으로 보였다. 타인으로부터 부정적인 낙인을 찍히면 실제 그렇게 되는 현상을 '낙인 효과'라고 한다. 반대로 이콩이에게는 긍정적인 '기대 효과'가 나타났다. 기대 효과는 타인의 긍정적 믿음에 걸맞은 좋은 성취를 이루게 한다. 눈치 빠른 둘째는 '순한 아이', '양보를 잘하는 아이'라는 엄마의 믿음에 부합하도록 그에 맞게 행동했다.

친정 부모님은 손녀인 일콩이에게 종종 언니면 언니답게 하라고 말씀하신다. 자매 중 첫째인 나는 어렸을 적 그렇게 자주 혼이 났다. 무엇이 언니다운 걸까. 연년생의 동생을 둔 나는 항상 큰 아이로 대우받은 것에 대해 억울했었다. 그저 한 살이 많다는 이유로 항상 언니다움을 요구받았다.

내가 엄마가 돼서 아이들을 낳아보니 이 점이 참 힘들었다. 일콩이가 이기적인 행동을 할 때마다 너무 미웠다. 내 안에 '첫째라면', '언니답게'라는 기대치가 있었기 때문이다. 부정의 믿음은 아이를 끌어내리고, 긍정의 믿음은 아이를 들어 올린다. 하지만 나도 받아보지 못한 걸 내 아이에게 주는 것은 머리로는 이해되지만 가슴으로는 잘 내려오지 않는 것 중 하나다. 노력하다가도 가끔 깊은 곳에서 꿀떡꿀떡하고 화가 치밀어 오르기 때문이다. 그렇지만 아이와 나를 위해서라도 편협한 믿음의 뿌리를 찾아 잘라야 한다. 첫째도 아직 어린아이라는 사실을 잊지 않기 위해.

언니 답게

첫째잖아

너가 좀 양보해

너도 그저 아이일 뿐인데

남편의 육아

일콩이는 18개월, 이콩이와 삼콩이는 돌까지. 모유 수유를 오래 했다. 남편은 신생아일 때 젖병을 물려본 적 몇 번이 있을 뿐, 수유 는 온전히 내 몫이었다. 아이들은 잠들 때도 젖을 물고 자서 재우는 것도 내 몫이었다. 그래서인지 항상 남편은 육아에서 보조자 같은 느낌을 지울 수 없었다.

누군가 부모 역할에 대해 알려주었더라면 좀 더 수월하게 육아를 할 수 있었을까? 엄마가 처음이었던 만큼 많이 헤맸다. 그런데 비단 나뿐만이 아니었을 테다. 남편도 아빠가 된 건 처음이었을 텐데. 그 는 단지 뭘 해줘야 할지 몰라서 멀뚱멀뚱 있었을 뿐이었다. 모유 수 유를 끊은 후부턴 주말에 30분, 한 시간이라도 종종 남편에게 아이 들을 맡기고 집을 나섰다.

사실 그의 육아는 내 성에 절대적으로 차지 않는다. 몸으로 놀아주고, 잘 먹여주고, 책도 읽어주고 했으면 좋겠건만. 엄마가 없으면 아이들은 아빠와 과자 파티를 연다. 좋아하는 만화도 실컷 본다. 처음에는 뭐라고 했지만, 내가 신생아를 키우며 좌충우돌했던 것처럼 그에게도 아빠가 되는 과정과 시간이 필요할 거란 생각에 다다랐다.

그에게도 기회가 필요했다. 왜 그리 아이들을 못 보냐고 다그치기 전에 그런 기회를 자주 줌으로써 연습할 수 있게 했는지. 우리도 누군가 너는 왜 그렇게 하냐며 딴죽을 걸면 잘하던 것도 하기 싫어지는 것처럼, 마음에 들지 않아도 다독여줄 아내의 지혜가 필요했던 것이다. 내가 엄마로서 성장한 시간만큼 아빠에게도 그런 시간을 허락하고 기다려주는 것. 다소 서툴더라도 너그러이 기다려줄 줄 아는 아내로 남편의 육아를 응원하고 싶다.

아이에겐 엄마가 꼭 있어야 한다는 생각이

남편의 기회를 앗아가는 걸지도 모른다

마음의 균형 맞추기

한동안 내 성장에만 집중하여 달려왔다. 아침 일찍 일어나 글을 쓰고 그림을 그렸다. 나에게만 집중할 때 걱정되는 것이 있었으니, 바로 아이들이었다. 나에게 온전히 집중한 만큼 아이들에게 소홀해지는 건 어쩔 수 없었다. 나를 위해 새벽에 온 힘을 다 쏟으면 오후에 피곤한 얼굴로 아이들을 대해야 했다. 엄마의 성장도 중요하니까 그래도 괜찮다고 생각했다. 그럼에도 마음 한구석이 불편한 건 어쩔 수 없었다. 나에게는 나의 성장도 중요하지만 아이들과 함께 하는 육아의 일상도 매우 중요하다. 내 성장을 위해 하루의 대부분을 차지하는 육아의 일상에서 즐거울 수 없다면, 나는 과연 지금 잘하고 있는 걸까?

그래서 아이들과 함께 스몰 스텝Small Step을 하기 시작했다. 작지만 매일 꾸준히 아이들과 무언가를 공유했다. 자리에 앉아 만들기를 하거나, 한글 공부를 함께 하고, 자기 전 각자 읽고 싶은 책을 골

라와 함께 읽는 시간을 만들었다. 나만 주말에 슬쩍 다녀왔던 도서관을 주중에 아이들을 데리고 가기 시작했다. 이제 우리는 도서관에 갈 때 카트를 끌고 다녀야 한다.

아이들은 공부든, 놀이든 엄마와 함께 하는 시간을 좋아한다. 그저 엄마와 함께라는 게 좋아서 자리를 지키고 앉아 있다. 나 또한 아이들과 함께 하나, 하나 작은 습관들을 지켜나가면서 성취감을 느낀다. 나의 성장을 위해 노력하며 성취감을 얻을 때와는 사뭇 다른 느낌이다.

나 혼자만의 성장이 아닌, 아이들과 함께 하는 성장은 더욱 일상에 활력을 불어넣었다. 그렇다. 내가 원하는 건 바로 이런 것이 아니었을까. 나에게만 몰두했을 때 성장 속도는 빠르겠지만 옆에 있는 아이들에겐 소홀해지기 쉬웠다. 느리지만 천천히, 조급해하지 않으면서 나도 아이도 동반 성장해 나가는 것. 나와 아이들 모두 내 인생에서 우열을 가릴 수 없을 정도로 소중하기 때문이다.

지금 걷는 과정에서 즐거울 수 없다면 결코 행복한 삶이 아니다. 목적만 보고 주변을 돌아볼 새 없이 달리고 있다면 잠시 멈추어서 생각해보자. 엄마와 아이의 행복 중 무엇 하나 뒤처지지 않도록.

어느 한 쪽으로 치우친 관계는

오래갈 수 없다

아이와 나
이 둘을 사랑하는 마음의 균형을 맞춰본다

나의 고향 홍성

남편이 쉬는 날. 차를 타고 안면도에 있는 공룡 박물관에 가기로 했다. 평일이라 고속도로도 한산했다. 오랜만에 가는 여행이라 모두 들떴다. 서해 쪽으로 놀러 갈 때면 충청도를 통해 가게 된다. 충청남도 홍성군은 내가 태어난 곳이다. 홍성에서 태어났지만 사실 한 살때 이사 와서 고향에 대한 기억은 거의 없다. 대신 어렸을 적 홍성에 있는 친척 할머니 댁에 놀러 갔던 기억이 있다. 토끼를 키우시는 이모할머니를 두고 우리는 늘 '토끼 할머니'란 애칭으로 불러댔다. 실제로 홍성에 관한 기억은 어렴풋하지만, 그곳을 지나칠 때면 왠지 모르게 내 마음이 푸근해진다. 고향이란 단어가 주는 힘이다.

장남인 우리 아빠는 부모님을 모시고 살았다. 삼 대가 같이 사는 대가족. 그래서 명절이면 큰 집은 우리 집이었다. 지금은 세상을 떠나신 외할머니도 서울에 계셔서 명절이면 나는 경기도와 서울을 오갔다. 그래서인지 내가 태어난 홍성이라는 고향은 더욱 각별한 의미로 다가온다. 나에게도 시골 풍경을 떠올리는 푸근한 고향이 있다는 사실이 왠지 모르게 위안이 된다.

처음 신생아를 품에 안고 집으로 돌아오는 길부터 멘붕이었다. 말 못 하는 아기는 울음으로 자신의 감정을 표현했다. 부모라는 존재가 나의 불편함을 어떻게든 알아차리고 해결해줄 거라는 믿음과 함께 말이다. 전적인 믿음 없이는 불가능한 일이다. 혼자서는 아무것도 못 하는 아기는 조금씩 부모의 도움 없이 해결할 수 있는 일이 많아진다. 몸은 점점 자라고 할 수 있는 일이 많아져도 아이에게는 부모라는 평생의 고향이 있다. 언제든 돌아가서 안길 수 있는 넉넉함과 푸근함이 공존하는 그런 마음의 고향.

우리 아이들이 짜증 날 때, 즐거울 때, 화가 날 때 어떤 감정이든 부모 앞에서 마음껏 표현할 수 있었으면 좋겠다. 때로는 친구같이, 때로는 인생의 멘토로서 그저 말없이 토닥여주는 것만으로도 위안을 줄 수 있는 그런 부모 말이다.

고향인 홍성을 지날 때마다

왠지 모를 편안함에 기분이 좋아진다

'고향'이란 단어가 주는 힘이다.

우리 엄마는 독립한 딸에게 여전히 마음의 고향이다

언제나 한결같이 자식들을 위해 기도하는 우리 엄마

언제나 내 편이 되어주는 한 사람

잃어버린 마음

　새벽 4시 30분. 잠을 잔 건지 만 건지 모르겠다. 새벽 4시에 큰아이의 MRI 촬영이 예약돼 있기 때문이다. 일콩이는 할머니 손을 잡고 병원에 입원하러 갔다. 100일도 안 된 막내 때문에 나는 병원에 함께 갈 수가 없었다. 비몽사몽 어머니께 메시지를 남겼다.

　"일콩이는 잘하고 있죠? 기도하고 있어요!"

　금방 답장이 왔다. 2시 50분부터 시작해서 4시 30분에 MRI 촬영이 끝났다고. 촬영 30분 전에 수면유도제를 먹고 잠들었는데, 꿈을 꾸는지 움직임이 많아서 오래 걸렸다고 한다. 간혹 쉽게 잠들지 않거나, 중간에 깨는 아이들도 있다고 하던데 감사했다.

　한 달 전, 일콩이는 목 옆에 생긴 멍울로 인해서 갑작스레 입원하게 됐고, 검사 결과 이상소견이 없어 MRI 촬영 예약을 잡고 퇴원했다. 그리고 기다림의 연속이었다. MRI 촬영을 두고 기다리는 일주일간 별별 상상을 다 했다. 큰 병이라도 있으면 어쩌지? 우린 이제 어떻게 되는 걸까?

2019년은 나에게 잊지 못할 해다. 한꺼번에 나쁜 일이 나에게 몰려온 것만 같던 그 해. 싱그러운 3월, 두 달간의 긴 겨울방학을 마치고 친구들을 만날 생각에 설렌 6살 일콩이. 아이는 입학식을 마치고 그날 저녁부터 열이 나기 시작했다. 힘없이 축 처진 아이를 데리고 급하게 동네 소아과에 갔다. 결과는 A형 독감. 그날 밤 육아 인생 최초 40도가 넘어가는 체온계의 숫자를 보았다.

독감 완치 판정을 받은 후 유치원에 등원한 일콩이는 친구들과 태권도 학원에 다니게 됐다. 아이는 태권도 학원을 가기 싫어했다. 너무 힘들다고 했는데 당시에는 그저 핑계인 줄만 알았다. 적응 기간에는 그런 거라고, 하다 보면 재밌고 튼튼해진다고 아이를 달래어 보내곤 했다. 유치원-태권도-놀이터 2시간 코스를 밟은 1주일 차. 아이를 목욕시키다가 목 옆이 아프다고 해서 보니 작은 멍울이 생겨 있었다. 너무 놀라서 대충 씻겨놓고 아이와 소아과로 달려갔다. 동네 소아과에서는 일단 약을 처방해 주었고, 더 커진다면 병원으로 다시 오라고 했다. 면역이 떨어지면 올 수 있는 증상이란다. 병원에서 처방받은 약을 먹였지만 혹이 하나 더 생기고 기존의 혹도 더 커져 결국 대학병원으로 향했다. 다행히도 각종 검사 소견상 이상은 없었지만, 의문을 모를 혹이기에 수술해서 조직검사를 받아야 했다.

5월로 수술 예약을 잡고 퇴원하는 날 마음이 착잡하다. 6살에 전신 마취 수술이라니.

수술 일주일 전부터는 감기에 걸리면 안 된다고 했지만 면역력이 약한 일콩이는 계속 감기에 걸려서 수술 일정이 3번이나 더 미뤄졌다. 정말 이럴 때 설상가상이라는 말을 쓰는 걸까. 그해 6월 초, 이콩이의 오른쪽 사타구니가 튀어나와서 이상한 마음에 소아과에 가보니 탈장이란다. 대학 병원에 가서 수술해야 한다고. 허헛. 웃음밖에 나오지 않는 상황이다. 일콩이, 이콩이 모두 같은 대학병원에서 같은 해에 수술이라니. 왜 이런 시련이 한꺼번에 나에게 찾아오는 건지 원망스러웠다. 감기도 잘 안 걸리는 이콩이는 일사천리로 수술이 진행됐다. 푸른 녹음의 계절 7월의 어느 날, 세 돌을 코앞에 남겨놓고 받은 첫 수술. 수술이란 게 뭔지도 모를 나이, 당당하게 가족들에게 자기 수술하고 온다고 말하는 아이를 보니 콧잔등이 시큰해진다. 그렇게 이콩이는 무사히 수술을 잘 받았다. 일콩이는 기적적으로 수술 전 멍울이 사라져서 수술 예약을 취소했다.

몇 달간 아이들의 수술로 인해 가슴앓이하며 일상이 얼마나 소중한지를 새삼 피부로 느꼈다. 밥풀을 다 흘리며 난장판으로 먹더라도 함께 먹을 수 있다는 일, 온통 집안을 쑥대밭으로 만들어 놓더라도 건강하게 뛰어다니는 일, 그러한 모습들을 지켜볼 수 있는 일 모두

가 기적임을 안다. 우리의 건강은 거저인 것이 아님을 안다. 언제든 한순간에 잃을 수도 있기에 감사하며 소중히 대해야 한다는 걸 깨달았다. 안타깝게도 소중함은 한 발짝 떨어져 있을 때 비로소 분명히 보인다.

자질구레해 보이는 이 일상이 그때의 나에겐 간절한, 순간들이었음을 벌써 잊었냐고 내게 되묻는다. '인생은, 사랑은 시든 게 아니라 다만 우린 놀라움을 잊었네'라는 김용택 시인의 〈첫사랑〉 시 구절처럼 우린 기적을 잊었다. 분만실에서 건강하게 태어났음을 쩌렁쩌렁 알리던 아이의 울음소리를. 혼자 힘으로는 아무것도 할 수 없던 신생아에서 어느덧 씩씩한 어린이로 자란 아이의 단단한 뒷모습을.

매일 일어나는 기적에 놀라워하는 마음을 되찾고, 잃어버린 사랑에 눈을 뜨는 것. 육아의 일상에서 우리의 잃어버린 마음을 건져 올릴 수 있기를 바라본다.

사실은 말이야

인생은, 사랑은 시든 게 아니라

다만 우린 놀라움을 잊었다

우린 사랑을 잃었을 뿐이다

부모가 믿어야 할 단 한 사람

　일콩이가 1년 넘게 다니는 미술학원은 심리 전공 선생님들이 수
업하신다. 아이들은 일상에서 받은 스트레스를 적절히 풀 수 있는
오감형 체험 수업을 받는다. 수업이 끝나면 약 5분 남짓 선생님의
코멘트 시간이 있다. 선생님이 수업하며 느낀 아이의 심리 상태를
피드백해주시고, 엄마가 육아하며 궁금한 부분들도 물을 수 있다.
처음에는 아이의 발달 사항에 대해 궁금한 것이 많아 피드백 시간에
이것저것 여쭈어보았다. 아이에 대한 긍정적인 면을 들을 때면 잘
크고 있다는 안도감이, 부정적인 면을 들을 때면 우울한 감정이 들
어 아이에게 날 서게 대했다. 지금 와서 돌아보면 별것 아니었는데,
그 당시에는 조그만 코멘트 하나에도 왜 이리 심각하게 받아들였는
지 모르겠다.

　그러다가 어느 순간 깨달았다.
　"남의 말에 내 자식을 나도 같이 판단하고 있었구나."

전문가라는 권위 아래 아이에 대한 나의 시선과 믿음이 그들의 말에 좌지우지되고 있었다.

그때부터 나는 전문가의 피드백을 참고하되, 나 또한 판단자의 자리에 서지 않기로 했다. 물론 전문가들이 하는 말에 귀 기울여야 하는 건 맞다. 하지만 내 아이에 대한 믿음 없이 타인의 피드백에 좌지우지돼선 안 된다. 중요한 건 내 아이를 보는 엄마의 믿음이 바탕이 돼야 한다는 것. 결국 좋은 쪽으로 변화될 거라는 믿음. 아이를 나의 부정적인 시선에 가두지 않는 것이 내가 줄 수 있는 전부였다. 아이를 보는 내 시선을 조금만 바꿔도 미워 보였던 문제의 행동도 별거 아니게 된다. 설령 크게 문제가 되는 행동을 할지라도 엄마의 믿음 아래 자란 아이는 분명 되돌아올 것이다. 아이도 다 느낀다. 엄마가 진심으로 나를 믿어주는지, 믿어주는 척하는지를.

천재 아인슈타인도 네 살까지 말을 못 했었다. 모든 과목에 낙제를 받은 이 꼬마 아인슈타인을 선생님도 포기했다. 우리가 주목해야 할 건 아인슈타인 엄마의 태도다. 그녀는 이 아이에게는 다른 특별한 재능이 있을 거라는 믿음으로 바라보았다. 우리 아이가 네 살까지 말을 못 하고 선생님마저 포기한 아이라면? 아이를 있는 그대로 인정하고 분명 더 나은 점이 있을 거라고 쉽게 믿어줄 수 있을까? 아이를 있는 그대로 받아들이는 것, 즉 엄마의 믿음이 아이를 자라게 한다.

아이를 자라게 하는 것은

부모의 믿음이다

부모가 낀 색안경을 벗고

있는 모습 그대로 아이를 바라볼 때 아이는 한 뼘 더 자란다

조건 없는 아이의 사랑

평일에 남편 얼굴을 보는 게 무척 힘들어졌다. 남편은 바쁜 시기에는 저녁 9~10시 심지어 오밤중에 퇴근하는데 이미 아이들과 나는 잠들어 있을 때가 많다. 그나마 수요일 혹은 금요일에는 일찍 퇴근할 때도 있다. 오랜만에 평일 저녁 온 식구가 한 식탁에 마주 앉았다. 그런데 급하게 걸려온 전화에 남편은 다시 출근해야만 했다. 그날따라 남편의 어깨가 한없이 무거워 보였다.

아빠가 다시 회사로 가자 일콩이가 종이와 연필을 가져오더니 내 옆에서 아빠에게 편지를 쓰기 시작한다. 피곤한 아빠를 걱정하는 마음으로 써 내려간 아이의 편지. 그 따뜻한 마음에 나 또한 가슴이 뭉클해진다. 자식 낳아 뿌듯하고 기쁠 때가 이럴 때이구나.

아이들은 부모의 사랑을 먹고 쑥쑥 자라난다. 부모 또한 내 아이가 주는 사랑을 받고 일상을 살아갈 힘을 얻는다. 나를 보고 씩 웃어주는 그 얼굴에, 와락 백허그로 숨 막히게 안아줄 때, 사랑한다고 뜬금없이 내뱉는 아이의 말에, 자다 일어나 엄마를 부르던 아이가 나를 발견하고 미소 지으며 다시 편안한 얼굴로 잠들 때, 삐뚤빼뚤한 글씨로 '엄마, 아빠 사랑해'라고 써줄 때. 조건 없이 넘치는 사랑을 받는 건 아이보다 부모가 아닐까.

아이가 부모의 사랑을 먹고 자라듯
부모도 아이의 사랑을 먹고 자란다

흔들리며 피는 Mom

아이를 키우다 보면 종종 지금 내가 아이를 잘 키우고 있는 건지 스스로 의문이 들 때가 있다. 아이가 셋이다 보니 한 명, 한 명에게 집중해주지 못함에 불안하고 미안해지기도 한다. 하지만 세상에 불안해하지 않는 엄마가 어디 있을까? 아마 내가 외동 엄마였으면 형제자매가 없어 심심해하는 아이를 보며 또 미안해지고 불안할 터이다. 불안은 떨쳐내려 할수록 더욱 그 모양새를 키운다.

내가 제일 좋아하는 시는 도종환의 〈흔들리며 피는 꽃〉이다. 흔들리지 않고 피는 꽃이 어디 있을까. 축축이 봄비를 맞아야만 꽃은 활짝 피우듯, 내리는 비를 피하지 않으려 한다. 내 안에 수시로 찾아오는 불안이라는 벗을 위해 마음 한편을 내주려 한다. 그저 쉬다가 나갈 수 있도록. 다가오지도 않은 미래를 사서 걱정하지 않고, 이미 일어나버린 일에 대해 미련을 두려 하지 않겠다. 누구나 처음인 엄마라는 자리에서 이 정도면 잘하는 거라고 토닥여 줄 거다. 문제없는 인생은 없다. 문제가 없기를 바라는 마음이 나를 괴롭게 하는 건지도 모르겠다.

엄마로 살다 보면 수많은 일과 마주하게 된다. 예상치 못했던 내면의 상처들을 발견하고, 기대와는 달리 행동하는 아이에게 실망하고, 때로는 나와 맞지 않는 사람들과도 웃으며 지내기도 해야 한다. 그럴 때마다 나는 여전히 흔들린다. 그렇지만 흔들리면서도 나는 점점 뿌리를 깊게 내린다. 앞으로 어떤 일들이 아이와 나에게 다가올지 모르겠다. 하지만 또 한 번의 흔들림이 지나가면, 나는 내면의 심지가 더 단단하게 자라날 것이라 믿는다.

엄마로 살다 보면 수많은 일들과 마주하게 된다

덮어두었던 내면의 상처들이 건드려질 때마다 나는 흔들린다

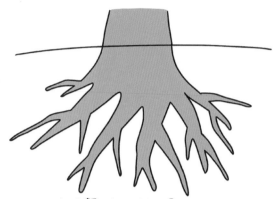

그렇지만 흔들리면서도 점점 뿌리를 깊게 내린다

또 한 번의 흔들림이 지나가면 나는 더 심지가 단단하게 자라날 것이다

어제보다 나은 오늘을 보내고 싶은
모든 육아 맘에게

어느 날 이콩이가 유치원에서 작은 뱅갈 고무나무를 받아 왔어요. 고무나무가 공기 정화에 탁월하다 하여 부엌 창문 앞에 두었지요. 자연스레 매일 설거지하면서 고무나무를 보게 됐어요. 자주 보니 정이 가고, 물도 잊지 않고 정성스레 주었지요. 고무나무는 그런 주인의 성원에 힘입어 새로운 싹을 틔웠어요. 여태껏 식물을 살려본 적이 없는 사람으로서 어찌나 신기하던지 이래서 사람들이 반려 식물을 키우나 싶더라고요. 식물도 알고 느끼나 봐요. 자신에게 쏟아지는 관심과 애정을요.

갓난아기였던 아이는 어느새 훌쩍 커버려 초등학생이 되었습니다. 그리고 저는 이제 8년 차 엄마입니다. 엄마가 된다는 건 그리 어려운 일이 아니라 생각했는데, 그건 정말 저의 오만이라는 걸 깨닫는 데 오래 걸리지 않았어요. 물과 따뜻한 햇볕, 그리고 애정을 줘야 식물이 잘 자라듯, 엄마도 아이를 낳았다고 해서 그냥 되는 것이 아니더군요. 심신이 힘들어도 포기하지 않는 지구력을, 아이와 내 마음을 이해할 수 있는 공감 능력을 길러야 했지요. 그러기 위해서는 꾸준히 내 마음을 알아가고 다스리는 일이 필요했어요. 내 안의 유년 시절 상처들을 발견하고 감싸주는 일은 참으로 괴로웠지만 나를 더 나답게 이해하는 데 필요한 과정이었답니다.

육아는 아이뿐 아니라 엄마도 한 사람으로 성장하는 길고도 긴 과정이에요. 그러니 매 순간, 상황마다 너무 힘 빼지 않았으면 좋겠어요. 멀리 보고 오래 걸어야 하니까요. 오래 걷기 위해서는 나와 아이의 '균형'을 맞추어 가는 것이 중요해요. 한쪽으로 치우치지 않도록 말이에요.

예부터 희생과 헌신이라는 덕목으로 똘똘 다져진 엄마라는 단어가 조금은 이기적으로 변해도 괜찮아요. '엄마가 행복해야 아이도 행복하다'는 진리는 변하지 않거든요. 당신의 육아를 사랑 가득 담아 응원합니다.

세상에
나쁜 엄마는 없다

초판인쇄 2021년 9월 24일
초판 2쇄 2021년 10월 30일

지은이 함진아
펴낸이 채종준
기획 · 편집 신수빈
디자인 홍은표
마케팅 문선영 · 전예리

펴 낸 곳 한국학술정보(주)
주   소 경기도 파주시 회동길 230(문발동)
전   화 031-908-3181(대표)
팩   스 031-908-3189
홈페이지 http://ebook.kstudy.com
E - m a i l 출판사업부 publish@kstudy.com
등   록 제일산–115호(2000. 6. 19)

ISBN   979-11-6801-134-2 03810